JLPT

挑戰日檢
N4N5
全真模擬題

完整全六回攻略

作者 許成美／中澤有紀　　譯者 李喬智

MP3

目錄

前言

　　如果我們問廣大的考生為什麼要參加日本語能力測驗，相信一定會得到許多不同的答案吧！像是為了順利從大學畢業、為了確認自己的日文能力、為了找工作或是升職等等。但是儘管理由不一而足，大家的目標都只有一個：順利通過日本語能力測驗，達成目的！

　　為了幫助大家順利通過日檢，本書依以下標準，精心設計了有助實戰的模擬題：

　✓ 以最新的日檢出題趨勢和傾向為基礎編撰，確實掌握最精準的出題方向。
　✓ 將實際的測驗題目中所出現的字彙、文法等重點，靈活出題。
　✓ 模擬題完全符合新制的出題形式、範圍和場景。

　　本書作者自2010年N4及N5日本語能力測驗改版開始，就實際參加了多次日檢測驗，徹底分析2010年到目前所有實際的日檢考題，以最新的出題傾向、考題範圍，以及問題的類型為基礎，將精闢分析結果全部反映在全真模擬的題目之中。

　　書中問題的設定，除了盡量讓讀者能感受到實際答題時的臨場感之外，更能幫助考生一舉成功，合格通過。

　　為了要通過日本語能力測驗，不斷重覆地練習解開同樣的問題，這是很重要基本功。將第一次解題的經驗，當作模擬教材；第二次解題時則是將答錯的題目匯集起來；接著第三次解題時活用所有作答技巧，並確認熟記所有相關字彙。

　　我相信只要能夠確實熟讀本書，加以靈活運用，一定可以短時間內通過日檢，獲取高分！

許成美
中澤有紀

關於日本語能力測驗（JLPT）

❶ JLPT的級別

日本語能力測驗可以分成N1、N2、N3、N4、N5等五個等級，受試者可以自行選擇適合自己能力的級別。針對各個不同的級別，有以下的題目類型：

N1～N2：言語知識（文字、語彙、文法）及讀解、聽解等兩個部分；

N3～N5：言語知識（文字、語彙）、言語知識（文法）及讀解、聽解等三個部分。

各個考試科目、考試時間以及認定標準等資訊，如以下表格所示。認定的標準以「閱讀」、「聽力」等語言能力來表示。

因此為了落實這些語言能力，在各個不同級別，都必須具備相應的言語知識。

級別	題型	考試時間	認定基準
N1	言語知識（文字‧語彙‧文法）讀解	110 分	**比原來的一級測驗，程度更高一些。** 閱讀：能夠閱讀邏輯性較為複雜，抽象程度也較高的文章內容，理解其文章的構成及掌握整體內容。能夠閱讀各式各樣不同的文章，也能夠理解內容的來龍去脈，以及其文章要表達的要旨。 聽力：能夠聽取正常速度的對話、新聞報導或講義內容，理解內容的來龍去脈、登場人物之間的關係，以及內容的構成邏輯，並能夠把握住其中的要點。
	聽解	60 分	
	合計	170 分	
N2	言語知識（文字‧語彙‧文法）‧讀解	105 分	**與原有的二級測驗程度大約相同。** 閱讀：可以看懂新聞報導、雜誌文稿，或是解說平易的評論專欄，能夠理解其意涵。而對於一般性話題相關的文章，也能夠理解其內容的來龍去脈，以及要表達的真意。 聽力：能夠聽取使用正常速度的對話或新聞報導，了解內容的來龍去脈以及登場人物之間的關係，並把握住其中的要點。
	聽解	50 分	
	合計	155 分	

N3	言語知識（文字・語彙）	105 分	介於原來的二級與三級之間的程度（全新設立）。
	言語知識（文法）・讀解		閱讀：能夠閱讀談論日常生活相關話題的文章，能夠具體理解當中的內容；能夠閱讀新聞報導中包含大標以及相關資訊，掌握其資訊概要。能夠閱讀在日常生活情境，難度較高文章，並能理解其中的意涵。
	聽解	40 分	
	合計	145 分	聽力：能夠聽取自然速度的對話，大致上可以理解對話的具體內容，以及登場人物之間的關係。
N4	言語知識（文字・語彙）	95 分	與原來的三級測驗程度大約相同。
	言語知識（文法）・讀解		閱讀：能夠閱讀由基本的詞彙及漢字所寫成、以日常生活情境為主題的文章，理解文章內容的意涵。
	聽解	35 分	聽力：能夠聽取以日常生活為背景、速度略微緩慢的會話，理解大部分的內容。
	合計	130 分	
N5	言語知識（文字・語彙）	80 分	與原來的四級測驗程度大約相同。
	言語知識（文法）・讀解		閱讀：N5 文章中大多為日常生活中經常會用到的平假名、片假名，以及基本的漢字、一般制式句型所寫成，應考者要能夠在閱讀完文章後，理解其意涵。
	聽解	30 分	聽力：能夠在聽取緩慢且簡短的日常生活情境會話，獲得必要的資訊。
	合計	110 分	

＊N3～N5「言語知識（文字、語彙）」、「言語知識（文法）以及讀解」的部分，在第一個小時接連續著考。

② 測驗結果的表示

級別	得分項目	得分範圍
N1	言語知識（文字・語彙・文法）	0 ~ 60
	讀解	0 ~ 60
	聽解	0 ~ 60
	總計得分	0 ~ 180
N2	言語知識（文字・語彙・文法）	0 ~ 60
	讀解	0 ~ 60
	聽解	0 ~ 60
	總計得分	0 ~ 180
N3	言語知識（文字・語彙・文法）	0 ~ 60
	讀解	0 ~ 60
	聽解	0 ~ 60
	總計得分	0 ~ 180

N4	言語知識（文字・語彙・文法）・讀解	0 ~ 120
	聽解	0 ~ 60
	總計得分	0 ~ 180
N5	言語知識（文字・語彙・文法）・讀解	0 ~ 120
	聽解	0 ~ 60
	總計得分	0 ~ 180

＊N1、N2、N3的得分項目可分成「言語知識（文字、語彙、文法）」、「讀解」以及「聽解」三個部分。

＊N4、N5的得分項目則是「言語知識（文字、語彙、文法）、讀解」以及「聽解」兩個部分。

③ 測驗結果的通知函範例

就如同下圖的例子：

①是「得點區分別得點」，

②則是得點區分別得點合計之後的「總合得點」。

③另外還會附上「參考情報」，這是為了對受試者日後在學習日語時有所
幫助。③的「參考情報」中並不會有合格／不合格的判定。

① 各別項目得分			② 總計得分
言語知識（文字・語彙・文法）	讀解	聽解	
50 / 60	30 / 60	40 / 60	120 / 180

③ 考試情報	
文字・語彙	文法
A	C

A：表現非常好（正確率達 67% 以上）

B：表現不錯（正確率達 34% 以上但不到 67%）

C：表現不佳（正確率在 34% 以下）

本書的構成及特色

　　本書是因應自2010年開始改制的日本語能力測驗N5及N4，所製作的日檢全真模擬題。

　　我們徹底分析了測驗的出題傾向，以及各種不同類型的考題，並將分析結果反應在模擬試題之中，讓讀者能夠輕鬆掌控日本語能力測驗。書中的試題與實際測驗的題目類型相同，讀者可以直接模擬真實考試情況，同時事先習慣題型。

　　本書由「全真模擬題N4、N5各三回合」、「計分卡」、「正確解答及聽力測驗內容」、「答案卡」所組成。

全真模擬題N5、N4各三回合

題目與實際的測驗形式相同，可以幫助受試者習得解題的技巧。

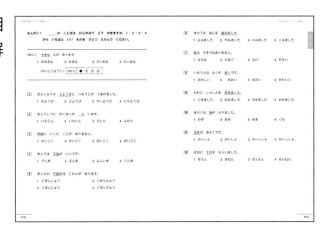

計分卡

解答完題目後，可以利用每一回模擬題最前面的計分卡記錄自己的分數，預測自己實際應試時的得分。

※ 實際應考時，依測驗出題內容不同，可能產生誤差。

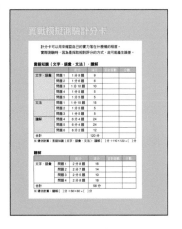

正確解答及聽力測驗內容

模擬題的正確解答,以及聽力問題的文字內容。

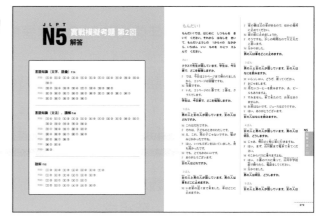

答案卡

在進行實戰模擬測驗時,全程都必須使用答案卡。

就如同前面全真測驗考題一般,利用擬真的答案卡,可以讓應試者在測驗前熟悉畫答案卡的技巧。

JLPT

N5

實戰模擬考題　第1回

實戰模擬測驗計分卡

計分卡可以用來確認自己的實力落在什麼樣的程度。

實際測驗時，因為是採取相對評分的方式，故可能產生誤差。

言語知識（文字・語彙・文法）・讀解

		配分	滿分	答對題數	分數
文字・語彙	問題 1	1 分 12 題	12		
	問題 2	1 分 8 題	8		
	問題 3	1 分 10 題	10		
	問題 4	1 分 5 題	5		
文法	問題 1	1 分 16 題	16		
	問題 2	1 分 5 題	5		
	問題 3	1 分 5 題	5		
讀解	問題 4	8 分 3 題	24		
	問題 5	8 分 2 題	16		
	問題 6	9 分 1 題	9		
合計			110 分		

※ 得分計算：言語知識（文字　語彙　文法）讀解 [　　　]分 ÷110×120 = [　　　]分

聽解

		配分	滿分	答對題數	分數
文字・語彙	問題 1	2 分 7 題	14		
	問題 2	2 分 6 題	12		
	問題 3	2 分 5 題	10		
	問題 4	3 分 6 題	18		
合計			54 分		

※ 得分計算：聽解 [　　　]分 ÷54×60 = [　　　]分

N5

げんごちしき（もじ・ごい）

（25ふん）

ちゅうい
Notes

1. しけんが　はじまるまで、この　もんだいようしを　あけないで　ください。
   Do not open this question booklet until the test begins.

2. この　もんだいようしを　もって　かえる　ことは　できません。
   Do not take this question booklet with you after the test.

3. じゅけんばんごうと　なまえを　したの　らんに、じゅけんひょうと
   おなじように　かいて　ください。
   Write your examinee registration number and name clearly in each box below as written on your test voucher.

4. この　もんだいようしは　ぜんぶで　8ページ　あります。
   This question booklet has 8 pages.

5. もんだいには　かいとうばんごうの　1、2、3 …が　あります。
   かいとうは、かいとうようしに　ある　おなじ　ばんごうの　ところに
   マークして　ください。
   One of the row numbers 1, 2, 3 … is given for each question. Mark your answer in the same row of the answer sheet.

じゅけんばんごう　Examinee Registration Number	

なまえ　Name	

もんだい1 ＿＿＿＿の ことばは ひらがなで どう かきますか。1・2・3・4か
ら いちばん いい ものを ひとつ えらんで ください。

（れい） 大きな えが あります。

　　　　1 おおきな　　　2 おきな　　　　3 だいきな　　　4 たいきな

　　　（かいとうようし）　│（れい）│ ● ② ③ ④ │

1　せんしゅうの 土よう日に いもうとが うまれました。

　　1 かようび　　　2 どようび　　　3 すいようび　　4 にちようび

2　きょうしつに がくせいが 一人 います。

　　1 いちじん　　　2 いちにん　　　3 ひとり　　　　4 ふたり

3　外国に いった ことが ありません。

　　1 かいこく　　　2 かいごく　　　3 がいこく　　　4 がいごく

4　きょうは 天気が いいです。

　　1 でんき　　　　2 ぶんき　　　　3 ふんいき　　　4 てんき

5　あしたの 午前中は じかんが あります。

　　1 ごぜんしゅう　　　　　　　　2 ごぜんちゅう

　　3 ごぜんじゅう　　　　　　　　4 ごぜんぢゅう

6 きのうは　ほんを　<u>読みました</u>。

1 よみました 2 やみました 3 のみました 4 こみました

7 <u>魚</u>は　すきではありません。

1 さかな 2 たまご 3 さけ 4 やさい

8 いもうとは　ふくが　<u>多い</u>です。

1 おかしい 2 あおい 3 おおい 4 かわいい

9 かれに　しゃしんを　<u>見せました</u>。

1 にせました 2 ねせました 3 みせました 4 めせました

10 きのうは　<u>雨</u>が　ふりました。

1 かぜ 2 あめ 3 ゆき 4 くも

11 <u>会社</u>は　あそこです。

1 かいしゃ 2 がいしゃ 3 かいっしゃ 4 がいっしゃ

12 ははに　<u>千円</u>を　もらいました。

1 せえん 2 せねん 3 せんえん 4 せんねん

もんだい2 ＿＿＿＿＿の ことばは どう かきますか。1・2・3・4から いちばん いい ものを ひとつ えらんで ください。

（れい）　わたしの　こどもは　はなが　すきです。

1　了ども　　　　2　子ども　　　　3　干ども　　　　4　予ども

（かいとうようし）　| （れい） | ① | ● | ③ | ④ |

13　いつも　ゆうはんは　いえで　たべます。

1　夕飲　　　　2　夕飯　　　　3　夕餌　　　　4　夕飼

14　まえに　すすんで　いって　ください。

1　近んで　　　　2　途んで　　　　3　過んで　　　　4　進んで

15　あしたの　しあいは　かちたいです。

1　説会　　　　2　話合　　　　3　試合　　　　4　試会

16　あの　ひだりに　あるのが　たなかさんの　ほんです。

1　石　　　　2　右　　　　3　在　　　　4　左

17　すぽーつは　みるより　するほうが　すきです。

1　スポーシ　　　　2　スポーツ　　　　3　ヌポーシ　　　　4　ヌポーツ

18　けさは　でんしゃが　おくれました。

1　電車　　　　2　雷車　　　　3　電東　　　　4　雷東

19　おとうとは　ちいさくて　とても　かわいいです。

1　少さくて　　　2　大さくて　　　3　小さくて　　　4　美さくて

20　あたらしい　ほんを　2さつ　かいました。

1　両　　　　　2　枚　　　　　3　冊　　　　　4　再

もんだい3　（　　　　）に　なにを　いれますか。1・2・3・4から　いちばん
いい　ものを　ひとつ　えらんで　ください。

（れい）　あそこで　バスに　（　　　　）。

　　　　1　のりました　　　　　　　　　　2　あがりました

　　　　3　つきました　　　　　　　　　　4　はいりました

　　　（かいとうようし）　| （れい） | ● ② ③ ④ |

21　きょうは　かぜが　あって　（　　　　）です。

　　　1　すずしい　　　　2　つめたい　　　　3　あたたかい　　　4　あたらしい

22　わたしは　スポーツを　するのと　（　　　　）を　ひくのが　すきです。

　　　1　ピアノ　　　　　2　スキー　　　　　3　テーブル　　　　4　レコード

23　きょうは　さむいので　（　　　　）を　きて　でかけて　ください。

　　　1　てぶくろ　　　　2　コート　　　　　3　ぼうし　　　　　4　ズボン

24　きのうは　はも　（　　　　）ねて　しまいました。

　　　1　すわないで　　　　　　　　　　　2　みがかないで

　　　3　よばないで　　　　　　　　　　　4　あびないで

25　なつは　まいにち　プールに　（　　　　）に　いきます。

　　　1　ひろい　　　　　2　とおり　　　　　3　およぎ　　　　　4　かえり

26 あの　レストランの　りょうりは　ねだんが　（　　　　）です。

1　おいしい　　　　2　にぎやか　　　　3　じょうず　　　　4　たかい

27 けさは　（　　　　）して　がっこうに　おくれました。

1　ねぼう　　　　2　じゃま　　　　3　せわ　　　　4　やすみ

28 うちの　ちかくに　（　　　　）かわが　あります。

1　おおきい　　　　2　むずかしい　　　3　おいしい　　　4　いたい

29 がっこうに　たいていは　でんしゃで　いきますが、（　　　　）バスで
いきます。

1　いつも　　　　2　ときどき　　　3　あまり　　　4　じゅうぶん

30 まいにち　あたらしい　ことばを　（　　　　）。

1　もちます　　　　2　なります　　　3　おぼえます　　　4　つとめます

もんだい4　＿＿＿＿の　ぶんと　だいたい　おなじ　いみの　ぶんが　あります。1・2・3・4から　いちばん　いい　ものを　ひとつ　えらんで　ください。

（れい）　ここは　でぐちです。いりぐちは　あちらです。

1　あちらから　でて　ください。

2　あちらから　おりて　ください。

3　あちらから　はいって　ください。

4　あちらから　わたって　ください。

（かいとうようし）　（れい）　①　②　●　④

31　たなかさんの　いえは　うちの　きんじょです。

1　たなかさんは　うちの　ちかくに　すんで　います。

2　たなかさんは　うちの　とおくに　すんで　います。

3　たなかさんは　うちの　くにに　すんで　います。

4　たなかさんは　うちの　いえに　すんで　います。

32　きのう　きってと　はがきを　かいました。

1　きのう　きっさてんに　いきました。

2　きのう　としょかんに　いきました。

3　きのう　ぎんこうに　いきました。

4　きのう　ゆうびんきょくに　いきました。

33　おとうとは　ねる　まえに　あいさつを　します。

1　おとうとは　「おはようございます」と　いいました。

2　おとうとは　「おやすみなさい」と　いいました。

3　おとうとは　「すみません」と　いいました。

4　おとうとは　「ありがとうございます」と　いいました。

34　としょかんは　あした　やすみです。

1　としょかんは　あした　あいて　います。

2　としょかんは　あした　こんで　います。

3　としょかんは　あした　すいて　います。

4　としょかんは　あした　しまって　います。

35　えきの　まえで　りょうしんを　まって　います。

1　えきの　まえで　あねと　いもうとを　まって　います。

2　えきの　まえで　ちちと　ははを　まって　います。

3　えきの　まえで　あにと　おとうとを　まって　います。

4　えきの　まえで　そふと　そぼを　まって　います。

N5

言語知識（文法）・読解

（50ぷん）

注　意
Notes

1. 試験が始まるまで、この問題用紙をあけないでください。
   Do not open this question booklet until the test begins.

2. この問題用紙を持ってかえることはできません。
   Do not take this question booklet with you after the test.

3. 受験番号となまえをしたの欄に、受験票とおなじようにかいて
   ください。
   Write your examinee registration number and name clearly in each box below as written on your test voucher.

4. この問題用紙は、全部で15ページあります。
   This question booklet has 15 pages.

5. 問題には解答番号の 1 、 2 、 3 …があります。
   解答は、解答用紙にあるおなじ番号のところにマークしてください。
   One of the row numbers 1 , 2 , 3 … is given for each question. Mark your answer in the same row of the answer sheet.

受験番号 Examinee Registration Number	

なまえ　Name	

もんだい1　（　　　）に　何を　入れますか。1・2・3・4から　いちばん
　　　　　いい　ものを　一つ　えらんで　ください。

_____

（れい）　これ（　　　）えんぴつです。

　　　1　に　　　　　2　を　　　　　3　は　　　　　4　や

　　（かいとうようし）　| （れい）　| ①　②　●　④ |

_____

1　今日は　デパート（　　　　）かいものを　しました。

　　1　が　　　　　2　で　　　　　3　に　　　　　4　の

2　らいしゅうは　しけんが　あるので、時間（　　　　）ありません。

　　1　と　　　　　2　が　　　　　3　を　　　　　4　に

3　A「あしたは　なにを　しますか。」

　　B「あしたは　ともだち（　　　　）えいがかんに　行きます。」

　　1　と　　　　　2　は　　　　　3　へ　　　　　4　が

4　かいぎの　とき、　のみもの（　　　　）いりません。

　　1　を　　　　　2　も　　　　　3　が　　　　　4　は

5　いくら　さがしても　吉田さんは　どこ（　　　　）いませんでした。

　　1　も　　　　　2　かも　　　　3　にも　　　　4　とも

6 まいにち　9時（　　　　）家を　出ます。

1　しか　　　　　　2　だけ　　　　　　3　など　　　　　4　ごろ

7 ともだちの　家に　行く　（　　　　　）　でんわを　かけます。

1　ちゅう　　　　　2　まえに　　　　　3　じゅう　　　　4　あと

8 木村「あしたは　（　　　　　）　学校に　行きますか。」

田中「いつもは　9時ですが、　あしたは　10時に　行きます。」

1　いつごろ　　　　2　何時ごろ　　　　3　どのぐらい　　　4　何回ぐらい

9 A「しゅくだいは　（　　　　　）　おわりましたか。」

B「いいえ、まだです。」

1　もう　　　　　　2　まだ　　　　　　3　ずっと　　　　4　ちょっと

10 きのうは　へやを　（　　　　）　そうじ　しました。

1　きれいだ　　　　2　きれいく　　　　3　きれいな　　　　4　きれいに

11 あした　しけんが　あるか（　　　　　）ともだちに　ききます。

1　なにか　　　　　2　どうか　　　　　3　どこか　　　　　4　なんか

12 けさは　時間が　（　　　　　）なかったので、　なにも　食べませんでした。

1　あまり　　　　　2　ちょうど　　　　3　ときどき　　　　4　とても

13 学生「先生、ききたい　ことが　ありますが。」

　　先生「そうですか。（　　　　　）、3時は　どうですか。」

　　1　でも　　　　　　　2　だから　　　　　　3　じゃあ　　　　　4　ところで

14 みなさん、なまえは　おおきく　書き（　　　　　）。

　　1　ましょう　　　　2　ませんか　　　　3　ください　　　　4　ません

15 （でんわで）

　　鈴木「もしもし、鈴木ですが、ひろしさんを　おねがい　します。」

　　柴田「はい、ちょっと　（　　　　　）　ください。」

　　1　しまって　　　　2　まって　　　　　3　とまって　　　　4　あまって

16 ヤン「イムさんの　その　かばん、いいですね。どこで　買いましたか。」

　　イム「あ、これは　母が（　　　　　）。」

　　1　あげました　　　　　　　　　　2　もらいました

　　3　うりました　　　　　　　　　　4　くれました

もんだい2 ＿＿＿＿＿ ★ ＿＿ に 入（はい）る ものは どれですか。1・2・3・4から いちばん いい ものを 一つ えらんで ください。

（もんだいれい）

A ＿＿＿＿ ＿＿＿ ★ ＿＿＿ か。」
B「山田（やまだ）さんです。」

1 です 　　　2 は 　　　3 あの 人（ひと） 　　　4 だれ

（こたえかた）

1. ただしい 文（ぶん）を つくります。

> A「 ＿＿＿＿ ＿＿＿ ★ ＿＿＿ か。」
> 3 あの 人（ひと） 2 は 4 だれ 1 です
> B「山田（やまだ）さんです。」

2. ＿★＿に 入（はい）る ばんごうを くろく ぬります。

（かいとうようし）　| (れい) | ① ② ③ ● |

17　A「お父さんは 背（せ）が たかいですか。」
　　B「はい。＿＿＿＿ ＿＿＿ ★ ＿＿＿。」

1 たかい 　　　2 より 　　　3 わたし 　　　4 です

18　えいがを ＿＿＿＿ ＿＿＿ ★ ＿＿＿ のみましょう。

1 みた 　　　2 おちゃ 　　　3 でも 　　　4 あとで

19 日本語の　ほんは ＿＿＿＿ ＿＿＿＿ ＿★＿、 ＿＿＿＿ おいて　ください。

　　1　使います　　　　2　から　　　　　3　あとで　　　　4　ここに

20 A「＿＿＿＿ ＿＿＿＿ ＿★＿ ＿＿＿＿か。」

　　B「いいえ、まだ　いちども　ありません。」

　　1　のった　　　　　2　あります　　　3　ことが　　　　4　ひこうきに

21 A「じゅうしょは ＿＿＿＿ ＿＿＿＿ ＿★＿ ＿＿＿＿ですか。」

　　B「いいえ、書いて　ください。」

　　1　なく　　　　　　2　書か　　　　　3　ても　　　　　4　いい

もんだい3 　 22 　 から 　 26 　 に 何を 入れますか。ぶんしょうの いみを かんがえて、１・２・３・４から いちばん いい ものを 一つ えらんで ください。

日本語を べんきょうして いる 学生が 「わたしの すきな もの」の ぶんしょうを 書いて、クラスの みんなの 前で 読みました。

（１） トムさんの ぶんしょう

わたしは 花が すきです。日本にも たくさん 花屋さんが 　 22 　、高くて あまり 買う ことが できません。 　 23 　、きのう 友だちに たんじょうびの プレゼントで 花を もらいました。とても うれしかったです。らいしゅうは 友だちの たんじょうびです。わたしも きれいな 花を プレゼント 　 24 　 あげたいです。

（２） スンヒさんの ぶんしょう

駅の ちかくに 大きい 図書館が あります。駅の ちかくなので こうつうが べんりです。そして 本が たくさん あります。わたしは この 図書館で 本を 　 25 　 が すきです。ここは しずかだし、わたしの 国の 　 26 　 あるので、しゅうまつは よく 本を 読む ために 行きます。

22

1 ありますが   2 ありませんが

3 ありますから   4 ありませんから

23

1 しかし   2 だから   3 そして   4 それに

24

1 が   2 は   3 の   4 で

25

1 読むこと   2 読んだこと

3 読まないこと   4 読まなかったこと

26

1 本が   2 本は   3 本も   4 本の

もんだい４　つぎの　（１）から　（３）の　ぶんしょうを　読んで、しつもんに
　　　　　　こたえて　ください。こたえは、１・２・３・４から　いちばん　いい
　　　　　　ものを　一つ　えらんで　ください。

（１）

　わたしは　ことし　６月から、あたらしい　しごとを　して　います。前の　しごと
とは　土曜日が　やすみでは　ありませんでしたが、今の　しごとは　土曜日も　日
曜日も　やすみですから、とても　いいです。

27　今の　しごとは　どうですか。
　　１　土曜日も　日曜日も　はたらきます。
　　２　土曜日だけ　はたらきます。
　　３　土曜日も　日曜日も　やすみます。
　　４　日曜日だけ　やすみます。

（2）

　まいにち　学校に　さいふを　もって　行きます。おひる　ごはんを　買う　ため
です。きょうかしょは　学校に　あるので　もって　行きません。今日は　雨が　ふ
って　いますから　かさを　もって　行きます。

28　今日　学校に　もって　行く　ものは　どれですか。

（3）
田中さんが　イさんに　書いた　メモです。

イさんへ

あしたの　しょくじかいは　6時では　なくて　7時に　なりました。
先生が　しごとで　おそく　なるからです。
レストランは　みなみえきの　ちかくです。
とても　きれいで　おいしい　みせです。
わたしは　学校の　前から　でんしゃに　のって　みなみえきで　おります。
6時半に　あいましょう。
みなみえきの　前まで　きて　ください。

田中

29　イさんは　あした　どうしますか。

1　6時に　学校の　前で　まちます。

2　6時から　7時まで　しごとを　します。

3　6時半に　レストランの　前に　いきます。

4　6時半に　みなみえきの　前で　田中さんに　あいます。

もんだい5　つぎの　ぶんしょうを　読んで、しつもんに　こたえて　ください。　こたえは、1・2・3・4から　いちばん　いい　ものを　一つ　えらんで　ください。

　わたしは　山田さんが　にくを　食べるのを　見た　ことが　ありません。いつも　やさいや　魚や　パンを　食べて　います。わたしは　山田さんに「どうしてですか」と　聞いて　みました。わたしは　にくが　大好きなので、とても　ふしぎに　思ったからです。山田さんは　にくが　きらいでは　なく、にくを　食べると　からだの　ちょうしが　わるく　なると　言いました。からだが　あかくなったり、せきが　でる　ことも　あるそうです。友だちと　いっしょに　しょくじを　する　ときに　メニューを　えらぶ　ことや、てんいんさんに　ひとつひとつ　確認する　ことが　たいへんだそうです。でも、しらない　あいだに　にくの　はいった　食べ物を　食べて　しまう　ことが　あるので、それが　いちばん　たいへんだそうです。わたしは　今まで　その　ことを　しらなかったので、とても　びっくりしました。

30 山田さんは　どうして　にくを　食べませんか。

1 にくを　食べるのを　みた　ことが　ないから

2 にくが　きらいだから

3 からだが　あかく　なるから

4 しょくじを　する　友だちが　いないから

31 山田さんは　何が　いちばん　たいへんですか。

1 にくを　食べると　せきが　でる　こと

2 メニューを　えらぶ　こと

3 しらない　あいだに　にくを　食べて　しまう　こと

4 てんいんさんに　確認する　こと

もんだい6　　右の　ページを　見て、下の　しつもんに　こたえて　ください。

こたえは　1・2・3・4から　いちばん　いい　ものを　一つ　えらんで

ください。

32　　たなか先生に　みて　もらいたいです。いつ　はいしゃに　行きますか。

1　5月3日　10時

2　5月4日　10時

3　5月5日　3時

4　5月6日　3時

さくら歯科びょういん

・さくら歯科びょういんは　5月1日（月）から　5月3日（水）までの
　3日間　おやすみします。

・5月4日（木）は　9時から　はじまります。

《5月の先生》

	5月1日 （月）	5月2日 （火）	5月3日 （水）	5月4日 （木）	5月5日 （金）	5月6日 （土）
たなか先生	○	×	○	★	○	×
きむら先生	×	○	×	○	★	○

　　○　午前9時から　午後6時までです。

　　×　おやすみです。

　　★　午後1時からです。

※　はの　けんこうの　ために、まいにち　はを　みがきましょう。

N5

聴解
（30分）

注 意
Notes

1. 試験が始まるまで、この問題用紙を開けないでください。
   Do not open this question booklet until the test begins.

2. この問題用紙を持って帰ることはできません。
   Do not take this question booklet with you after the test.

3. 受験番号と名前を下の欄に、受験票と同じように書いて
   ください。
   Write your examinee registration number and name clearly in each box below as written on your test voucher.

4. この問題用紙は、全部で14ページあります。
   This question booklet has 14 pages.

5. この問題用紙にメモをとってもいいです。
   You may make notes in this question booklet.

受験番号 Examinee Registration Number	

名前 Name	

もんだい1

〔001〕

　もんだい1では、はじめに　しつもんを　きいて　ください。それから　はなしを
きいて、もんだいようしの　1から4の　なかから、いちばん　いい　ものを　ひとつ
えらんで　ください。

れい

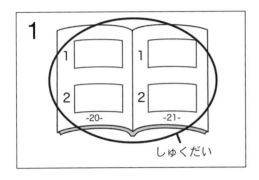
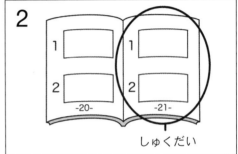
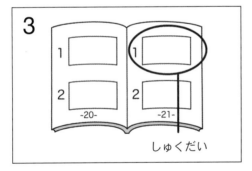
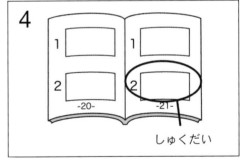

1 ばん

(002)

1	2

3	4

2 ばん

(003)

1	2
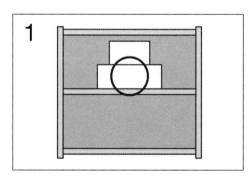	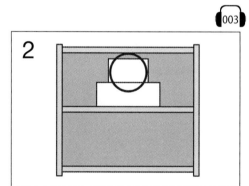
3	4
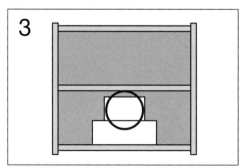	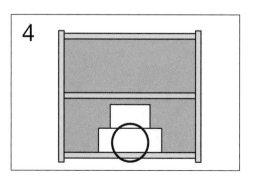

3 ばん

4 ばん

5ばん

006

6ばん

007

1 6じ

2 6じ　はん

3 7じ

4 7じ　はん

7 ばん

もんだい２

　もんだい２では、はじめに　しつもんを　きいて　ください。それから　はなしを
きいて、もんだいようしの　１から４の　なかから、いちばん　いい　ものを　ひとつ
えらんで　ください。

れい

1　としょかん

2　えき

3　デパート

4　レストラン

1ばん

010

1 はなみ

2 しごと

3 そうじ

4 さんぽ

2ばん

011

1 けっこんパーティーが　あるから

2 つまらないから

3 たかいから

4 ねつが　あるから

3 ばん

🎧 012

1 おいしく　ないから

2 カレーが　きらいだから

3 やすみたいから

4 いっしょに　たべる　ひとが　いないから

4 ばん

🎧 013

1 ははと　そぼ

2 ちちと　そぼ

3 ちち

4 ちちと　はは

5ばん

014

1 りょこうを　する

2 べんきょうを　する

3 かいしゃに　かよう

4 いもうとに　あう

6ばん

015

1 ひこうき

2 バス

3 でんしゃ

4 くるま

もんだい3

　もんだい3では、えを　みながら　しつもんを　きいて　ください。➡（やじるし）
の　ひとは　なんと　いいますか。1から3の　なかから、いちばん　いい　ものを
ひとつ　えらんで　ください。

れい

1 ばん

2 ばん

3 ばん

4 ばん

5 ばん

もんだい４

 〜 ￼ **N5**

　もんだい４は、えなどが　ありません。ぶんを　きいて、１から３の　なかから、いちばん　いい　ものを　ひとつ　えらんで　ください。

－ メモ －

JLPT
N5

實戰模擬考題 　第2回

實戰模擬測驗計分卡

計分卡可以用來確認自己的實力落在什麼樣的程度。

實際測驗時，因為是採取相對評分的方式，故可能產生誤差。

言語知識（文字・語彙・文法）・讀解

		配分	滿分	答對題數	分數
文字・語彙	問題 1	1 分 12 題	12		
	問題 2	1 分 8 題	8		
	問題 3	1 分 10 題	10		
	問題 4	1 分 5 題	5		
文法	問題 1	1 分 16 題	16		
	問題 2	1 分 5 題	5		
	問題 3	1 分 5 題	5		
讀解	問題 4	8 分 3 題	24		
	問題 5	8 分 2 題	16		
	問題 6	9 分 1 題	9		
合計			110 分		

※ 得分計算：言語知識（文字　語彙　文法）讀解 [　　] 分 ÷110×120 = [　　] 分

聽解

		配分	滿分	答對題數	分數
文字・語彙	問題 1	2 分 7 題	14		
	問題 2	2 分 6 題	12		
	問題 3	2 分 5 題	10		
	問題 4	3 分 6 題	18		
合計			54 分		

※ 得分計算：聽解 [　　] 分 ÷54×60 = [　　] 分

N5

げんごちしき（もじ・ごい）

（25ふん）

ちゅうい
Notes

1. しけんが　はじまるまで、この　もんだいようしを　あけないで　ください。
   Do not open this question booklet until the test begins.

2. この　もんだいようしを　もって　かえる　ことは　できません。
   Do not take this question booklet with you after the test.

3. じゅけんばんごうと　なまえを　したの　らんに、じゅけんひょうと
   おなじように　かいて　ください。
   Write your examinee registration number and name clearly in each box below as written on your test voucher.

4. この　もんだいようしは　ぜんぶで　8ページ　あります。
   This question booklet has 8 pages.

5. もんだいには　かいとうばんごうの　1、2、3…が　あります。
   かいとうは、かいとうようしに　ある　おなじ　ばんごうの　ところに
   マークして　ください。
   One of the row numbers 1, 2, 3 … is given for each question. Mark your answer in the same row of the answer sheet.

じゅけんばんごう Examinee Registration Number	

なまえ Name	

もんだい1 ＿＿＿＿の ことばは ひらがなで どう かきますか。1・2・3・4か
ら いちばん いい ものを ひとつ えらんで ください。

（れい）　大きな　えが　あります。

　　　1　おおきな　　　　2　おきな　　　　　3　だいきな　　　　4　たいきな

　　　（かいとうようし）　| （れい） | ● | ② | ③ | ④ |

1　あした　図書館で　あいましょう。

　　1　どしょかん　　　　　　　　　2　としょうかん

　　3　とうしょがん　　　　　　　　4　としょかん

2　にほんには　四月に　いきます。

　　1　よんげつ　　　2　しがつ　　　3　よんがつ　　　4　しげつ

3　ともだちから　電話が　きました。

　　1　てんわ　　　　2　でんわ　　　3　てんは　　　4　でんは

4　この　くつは　すこし　小さいです。

　　1　くさい　　　　2　あさい　　　3　うるさい　　　4　ちいさい

5　わたしは　毎朝　はしって　います。

　　1　めえさき　　　2　まいあさ　　　3　まえあさ　　　4　めいあさ

6 こちらに 入って ください。

1 いれって　　　2 いって　　　　3 はいって　　　4 はって

7 あの ひとは とても 親切です。

1 しんせつ　　　2 しんじつ　　　3 しんき　　　　4 しんせち

8 これは すこし 高いです。

1 ほそい　　　　2 ひくい　　　　3 ふとい　　　　4 たかい

9 まいにち ぎゅうにゅうを 飲んで います。

1 たのんで　　　2 すんで　　　　3 のんで　　　　4 やんで

10 えいがは 午後からです。

1 こご　　　　　2 こごう　　　　3 ごご　　　　　4 ごごう

11 えきの まえに 銀行が できました。

1 きんこ　　　　2 きんこう　　　3 ぎんこ　　　　4 ぎんこう

12 ともだちと いっしょに 店に いきます。

1 みせ　　　　　2 へや　　　　　3 えき　　　　　4 いえ

もんだい2 _____の ことばは どう かきますか。1・2・3・4から いちばん いい ものを ひとつ えらんで ください。

_____

（れい）　わたしの　こどもは　はなが　すきです。

1 了ども　　　　2 子ども　　　　3 干ども　　　　4 予ども

（かいとうようし）　| （れい） | ① ● ③ ④ |

_____

13　あなたの　なまえを　ここに　かいて　ください。

1 各荊　　　　2 名前　　　　3 名荊　　　　4 各前

14　あたらしい　かれんだーを　かべに　かけます。

1 ゲレングー　　2 ケレンダー　　3 カレングー　　4 カレンダー

15　にほんごの　せんせいは　おんなの　ひとです。

1 安　　　　　2 立　　　　　3 女　　　　　4 文

16　はやしの　なかを　あるきました。

1 森　　　　　2 協　　　　　3 休　　　　　4 林

17　こんど　だいがくに　はいります。

1 大学　　　　2 台字　　　　3 大宇　　　　4 台学

18 あの　かどを　まがって　ください。

1　由がって　　　　2　畑がって　　　　3　田がって　　　　4　曲がって

19 かいたい　くだものが　ありますか。

1　竹物　　　　　　2　植物　　　　　　3　果物　　　　　　4　建物

20 つくえの　うえに　しんぶんが　おいて　あります。

1　新文　　　　　　2　新聞　　　　　　3　新分　　　　　　4　新本

もんだい3　（　　　）に　なにを　入れますか。1・2・3・4から　いちばん
　　　　　いい　ものを　ひとつ　えらんで　ください。

（れい）　あそこで　バスに　（　　　　）。

　　1　のりました　　　　　　　　　2　あがりました

　　3　つきました　　　　　　　　　4　はいりました

　　　（かいとうようし）　| （れい） | ● | ② | ③ | ④ |

21　ゆうがたまで　ともだちと　そとで　（　　　　）。

　　1　つとめました　　　　　　　　2　さきました

　　3　あそびました　　　　　　　　4　あびました

22　せんしゅう　ひっこしした　（　　　）は　ひろくて　しずかです。

　　1　ポケット　　　2　アパート　　　3　ベッド　　　4　テレビ

23　ネットで　ひこうきの　（　　　）を　よやくしました。

　　1　きっぷ　　　2　ろうか　　　3　がいこく　　　4　くうこう

24　ゆうしょくを　たべた　あと、ははと　いえの　ちかくを　（　　　）しまし
　　た。

　　1　けんか　　　2　さんぽ　　　3　けっこん　　　4　しつもん

25　まどを　あけたら　ゆきが　（　　　）　いました。

　　1　はれて　　　2　ふって　　　3　くもって　　　4　ふいて

26 きょうは はやく かえったので、（　　　　）を つくって みました。

1 りょこう　　　　2 さんぽ　　　　3 りょうり　　　　4 せんたく

27 あさから ねつが あって（　　　　）を のみました。

1 くすり　　　　2 いしゃ　　　　3 げんき　　　　4 びょうき

28 この うわぎは（　　　　）かるいので きやすいです。

1 せまくて　　　　2 ひろくて　　　　3 うすくて　　　　4 あつくて

29 まどに はなが（　　　　）おいて あります。

1 さんぼん

2 さんびき

3 さんだい

4 さんこ

30 でんわは テーブルの（　　　　）に あります。

1 うえ

2 した

3 そば

4 うしろ

もんだい4　＿＿＿＿＿の　ぶんと　だいたい　おなじ　いみの　ぶんが　あります。1
　　　　　・2・3・4から　いちばん　いい　ものを　ひとつ　えらんで　ください。

（れい）　ここは　でぐちです。いりぐちは　あちらです。

　　1　あちらから　でて　ください。

　　2　あちらから　おりて　ください。

　　3　あちらから　はいって　ください。

　　4　あちらから　わたって　ください。

　　（かいとうようし）　| (れい) | ① | ② | ● | ④ |
　　　　　　　　　　　　|--------|---|---|---|---|

31　まいあさ　きっさてんに　いきます。

　　1　まいあさ　ほんや　ざっしを　かいます。

　　2　まいあさ　コーヒーや　ジュースを　のみます。

　　3　まいあさ　やきゅうや　サッカーを　します。

　　4　まいあさ　やさいや　くだものを　たべます。

32　あたらしい　しごとは　かんたんです。

　　1　しごとは　やさしいです。

　　2　しごとは　むずかしいです。

　　3　しごとは　おもしろいです。

　　4　しごとは　つまらないです。

33 あの　レストランは　とても　ゆうめいです。

1　おおくの　ひとが　あの　レストランが　きらいです。

2　おおくの　ひとが　あの　レストランを　しって　います。

3　おおくの　ひとが　あの　レストランが　すきでは　ありません。

4　おおくの　ひとが　あの　レストランを　しりません。

34 あの　ふたりは　しまいです。

1　あの　ふたりは　そふと　そぼです。

2　あの　ふたりは　ちちと　ははです。

3　あの　ふたりは　あねと　いもうとです。

4　あの　ふたりは　おばと　おじです。

35 この　まちは　とても　せいけつです。

1　ここは　とても　きれいです。

2　ここは　とても　きたないです。

3　ここは　とても　にぎやかです。

4　ここは　とても　ちいさいです。

N5

言語知識（文法）・読解

（50ぷん）

注意

Notes

1. 試験が始まるまで、この問題用紙をあけないでください。

   Do not open this question booklet until the test begins.

2. この問題用紙を持ってかえることはできません。

   Do not take this question booklet with you after the test.

3. 受験番号となまえをしたの欄に、受験票とおなじようにかいて

   ください。

   Write your examinee registration number and name clearly in each box below as written on your test voucher.

4. この問題用紙は、全部で15ページあります。

   This question booklet has 15 pages.

5. 問題には解答番号の 1 、 2 、 3 …があります。

   解答は、解答用紙にあるおなじ番号のところにマークしてください。

   One of the row numbers 1 , 2 , 3 … is given for each question. Mark your answer in the same row of the answer sheet.

受験番号 Examinee Registration Number	

なまえ　Name	

もんだい１　（　　　　）に　何を　入れますか。１・２・３・４から　いちばん
いい　ものを　一つ　えらんで　ください。

(れい)　これ（　　　　）えんぴつです。

　　　1 に　　　　　　2 を　　　　　　3 は　　　　　　4 や

　　　(かいとうようし)　｜ (れい)　｜ ①　②　●　④ ｜

1　スーパーで　バナナ（　　　　）りんごを　かいました。

　　1 で　　　　　　2 も　　　　　　3 を　　　　　　4 と

2　わたしは　ともだち（　　　　）ここで　まちます。

　　1 を　　　　　　2 が　　　　　　3 で　　　　　　4 に

3　日本語クラスは　ぜんぶ（　　　　）１２人です。

　　1 が　　　　　　2 の　　　　　　3 で　　　　　　4 を

4　A「もしもし、山田ですが、木下さん（　　　　）いますか。」
　　B「はい、すこし　待って　ください。」

　　1 に　　　　　　2 が　　　　　　3 は　　　　　　4 と

5　きのうは　さんぽ（　　　　）出かけました。

　　1 で　　　　　　2 に　　　　　　3 は　　　　　　4 を

6 A「大学（　　　　）バスで　どのぐらい　かかりますか。」

B「やく　30分　ほど　かかります。」

1　ぐらい　　　　　2　では　　　　　　3　だけ　　　　　4　まで

7 あしたの　あさ、10時（　　　　）駅の　前で　会いましょう。

1　から　　　　　　2　ごろ　　　　　　3　まで　　　　　4　じゅう

8 母は　（　　　　）プレゼントを　もらって　よろこんで　います。

1　すてき　　　　　2　すてきだ　　　　3　すてきな　　　4　すてきに

9 ともだちは　もう（　　　　）来ると　思います。

1　だんだん　　　　2　すぐ　　　　　　3　ずっと　　　　4　ちょっと

10 A「あした　いっしょに　映画を　みませんか。」

B「すみません。あしたは　（　　　　）。」

1　もう　　　　　　2　ちょっと　　　　3　まだ　　　　　4　ちょうど

11 A「けさは（　　　　）食べましたか。」

B「いいえ。ねぼうして　何も　食べませんでした。」

1　何か　　　　　　2　何が　　　　　　3　どこか　　　　4　どこも

12 （　　　　）食べて　ください。わたしは　あとで　食べます。

1　あまり　　　　　2　さきに　　　　　3　ときどき　　　4　とても

13 父は　まいばん　しんぶんを　よみます。（　　　　）ラジオを　ききます。

1　しかし　　　　　2　それから　　　　3　じゃあ　　　　4　それでは

14 わたしの　じしょが　ありません。じしょを　（　　　　　）。

1　かしましょうか　　　　　　　　2　かしませんか

3　かして　ください　　　　　　　4　かして　いません

15 先週の　にちようびは　雨が　ふったので　どこへも　（　　　　　）。」

1　行きました　　　　　　　　　　2　行きます

3　行きませんでした　　　　　　　4　行きません

16 A「韓国にも　たかい　山が　ありますか。」

B「ええ、ありますよ。でも、ふじさん　よりは　（　　　　　）。」

1　たかいです　　　　　　　　　　2　たかく　ありません

3　たかいでした　　　　　　　　　4　たかく　ありませんでした

もんだい2 ＿＿＿＿＿ ★ ＿＿＿ に 入る ものは どれですか。1・2・3・4から
いちばん いい ものを 一つ えらんで ください。

（もんだいれい）

A ＿＿＿＿ ＿＿＿＿ ★ ＿＿＿＿ か。」
B「山田さんです。」

1 です　　　　2 は　　　　3 あの 人　　　　4 だれ

（こたえかた）

1. ただしい 文を つくります。

A「 ＿＿＿＿ ＿＿＿＿ ★ ＿＿＿＿ か。」
3 あの 人　2 は　4 だれ　1 です
B「山田さんです。」

2. ★ に 入る ばんごうを くろく ぬります。

（かいとうようし）　| （れい）| ① ② ③ ● |

---

17 あの ＿＿＿＿ ＿＿＿＿ ★ ＿＿＿＿ おいしいです。

1 ケーキは　　　2 みせ　　　　3 やすくて　　　4 の

18 きのう ＿＿＿＿ ＿＿＿＿ ★ ＿＿＿＿ いま お金が ありません。

1 かいもの　　　2 を　　　　3 しまって　　　4 して

19 となりの　へやで ＿＿＿＿　＿＿＿＿　＿★＿＿　＿＿＿＿ しずかに　して
ください。

1　いる　　　　　2　ねて　　　　　3　から　　　　　4　あかちゃんが

20 A「＿＿＿＿　＿＿＿＿　＿★＿＿　＿＿＿＿ しましたか。」

B［はい。1じかん　ぐらい　しました。］

1　は　　　　　　2　きのう　　　　3　うんどう　　　4　を

21 A「ぜんぶ　すてましたか。」

B「いいえ、＿＿＿＿　＿＿＿＿　＿★＿＿　＿＿＿＿ すてました。」

1　なった　　　　2　もの　　　　　3　だけ　　　　　4　ふるく

もんだい3 　[22] 　から　[26] 　に　何を　入れますか。ぶんしょうの　いみを
かんがえて、1・2・3・4から　いちばん　いい　ものを　一_{ひと}つ　えらんで
ください。

　　日本語_{にほんご}を　べんきょうして　いる　学生_{がくせい}が　「きのう　した　こと」の　ぶんしょうを
書_かいて、クラスの　みんなの　前_{まえ}で　読_よみました。

（1）インスさんの　ぶんしょう

　　きのうは　夜_{よる}　12時_じまで　友_{とも}だちと　おさけを　のみました。ひさしぶりに
友_{とも}だちに　[22] 、いっぱい　話_{はな}して　たのしかったです。[23] 　けさは　おそく
おきて　しまって、あさごはんを　食_たべないで　学校_{がっこう}に　来_きました。

（2）スミスさんの　ぶんしょう

　　きのう　いもうと　[24] 　ケーキを　食_たべました。学校_{がっこう}の　前_{まえ}に　おいしい
店_{みせ}が　できたので、家_{いえ}に　[25] 　ケーキを　4こ　買_かいました。ばんごはんの
あと、いもうとと　[26] 　2こ　ずつ　食_たべました。とても　あまくて　おいし
かったです。

22

1 くるので　　　2 きたので　　　3 あうので　　　4 あったので

23

1 そして　　　2 だけど　　　3 それで　　　4 けれども

24

1 と　　　　2 は　　　　3 の　　　　4 や

25

1 かえる　とき　　　　　　　2 かえってから
3 かえった　あと　　　　　　4 かえるから

26

1 ふたりに　　　2 ふたりも　　　3 ふたりで　　　4 ふたりが

もんだい4　つぎの　（1）から　（3）の　ぶんしょうを　読んで、　しつもんに
　　　　　　こたえて　ください。こたえは、1・2・3・4から　いちばん　いい
　　　　　　ものを　一つ　えらんで　ください。

（1）

　わたしは　コーヒーが　とても　すきです。おちゃより　コーヒーを　よく　飲み
ます。でも、あまい　コーヒーは　すきでは　ありません。だから　いつも　ごはん
の　あとに　あまく　ない　コーヒーを　飲みます。

27　「わたし」は　何を　飲みますか。

　　1　あまい　コーヒーを　飲みます。

　　2　あまく　ない　コーヒーを　飲みます。

　　3　コーヒーを　飲みません。

　　4　あまい　コーヒーも　あまく　ない　コーヒーも　飲みます。

（2）

　これは　わたしの　友だちの　しゃしんです。友だちは　かみが　みじかいです。
そして　ズボンを　はいて　います。友だちは　スカートが　すきじゃ　ないので
いつも　ズボンを　はきます。

28　「友だち」は　だれですか。

（3）

先生が　学生に　おくった　メールです。
せんせい　がくせい

来週の　日本語テストは　きょうかしょの　13ページから　18ページまで
らいしゅう　にほんご
です。きょうかしょの　ことばを　よく　べんきょうして　おぼえて　ください。
かんじの　もんだいは　ありません。

29　学生は　何を　べんきょう　しますか。
　　がくせい　なに

　　1　13ページと　18ページの　ことばです。

　　2　13ページと　18ページの　かんじです。

　　3　13ページから　18ページまでの　ことばです。

　　4　13ページから　18ページまでの　かんじです。

もんだい5　つぎの　ぶんしょうを　読んで、しつもんに　こたえて　ください。
こたえは、1・2・3・4から　いちばん　いい　ものを　一つ　えらんで
ください。

わたしは　絵を　かく　ことが　すきです。こどもの　とき、花や　木の　絵
を　かくために　いつも　公園に　行きました。その　絵を　見せると　お母さ
んは「じょうずだね」と　言いました。とても　うれしかったです。それで　絵
を　かく　ことが　すきに　なりました。

お父さんと　わたしは　ときどき　びじゅつかんに　行きます。絵を　かく
ことも　すきですが、見る　ことも　たのしいです。今は　わたしの　部屋から
見える　たてものを　かいたり　歩いて　いる　人を　かいたり　します。

学校にも　よく　行きます。学校の　まどから　見える　山と　川を　かくの
が　いちばん　すきだからです。春や　秋や　冬も　いいですが、夏が　いちば
ん　きれいだと　思います。

わたしは　絵を　かく　しごとを　したいので、その　ために　もっと　じょ
うずに　なりたいです。高校を　そつぎょうしたら　絵の　学校に　行く　つも
りです。

---

30 「わたし」は どうして 絵が すきに なりましたか。

1 お母さんが 絵の しごとを して いるから

2 わたしの 絵を お母さんが「じょうずだね」と 言ったから

3 お父さんと いっしょに 絵を 見たから

4 絵の 学校に 行ったから

31 「わたし」は どんな 絵を かくのが いちばん すきですか。

1 花や 木

2 学校

3 人

4 山と 川

もんだい6　右の　ページを　見て、下の　しつもんに　こたえて　ください。

　　　　　こたえは、1・2・3・4から　いちばん　いい　ものを　一つ　えらんで

　　　　　ください。

32　内容と　合って　いる　ものは　どれですか。

　1　Aコースは　日本語の　べんきょうの　ほうほうを　おしえます。

　2　Bコースは　パソコンで　本を　よむ　ほうほうを　おしえます。

　3　Aコースは　13時までに　いりぐちに　いきます。

　4　せつめいは　日本語で　します。

図書館　4月の　イベント

－ 留学生の　ための　図書館　案内 －

Ａコース

・日本語学習の　本を　紹介します。
・本を　かりる　ほうほうを　おしえます。

Ｂコース

・パソコンで　図書館に　ある　本を　しらべる　ほうほうを　おしえます。

にちじ　　4月18日〜20日（3日間）

じかん　　Ａコース　13：00〜14：00
　　　　　Ｂコース　14：00〜15：00

ばしょ　　大学図書館

※　きまった　じかんまでに　図書館の　いりぐちに　きて　ください。
　　せつめいは　英語と　かんたんな　日本語で　します。

N5

ちょう かい
聴解
ぷん
（30分）

ちゅう い
注　意
Notes

1. 試験が始まるまで、この問題用紙を開けないでください。
   Do not open this question booklet until the test begins.

2. この問題用紙を持って帰ることはできません。
   Do not take this question booklet with you after the test.

3. 受験番号と名前を下の欄に、受験票と同じように書いて
   ください。
   Write your examinee registration number and name clearly in each box below as written on your test voucher.

4. この問題用紙は、全部で14ページあります。
   This question booklet has 14 pages.

5. この問題用紙にメモをとってもいいです。
   You may make notes in this question booklet.

じゅけんばんごう 受験番号 Examinee Registration Number	

な まえ 名 前 Name	

もんだい１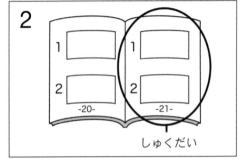

もんだい１では、はじめに　しつもんを　きいて　ください。それから　はなしを
きいて、　もんだいようしの　１から４の　なかから、いちばん　いい　ものを　ひとつ
えらんで　ください。

れい

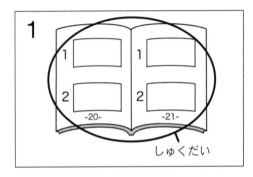

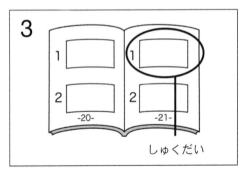

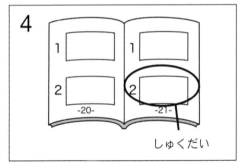

1 ばん

030

1

2

3

4

2 ばん

031

1

2
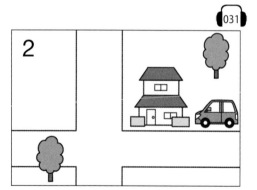

3

4

3 ばん

🎧 032

1

2

3

4

4 ばん

🎧 033

1

2

3

4

5 ばん

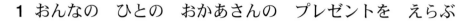

1 おんなの　ひとの　おかあさんの　プレゼントを　えらぶ

2 おとこの　ひとの　おかあさんに　プレゼントを　する

3 おとこの　ひとの　プレゼントを　かう

4 おとこの　ひとと　プレゼントを　えらぶ

N5

第2回

6 ばん

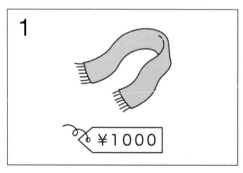
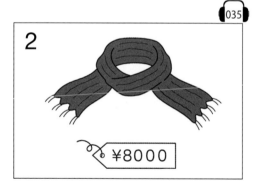
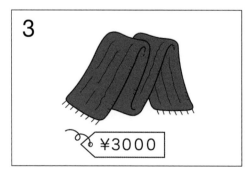
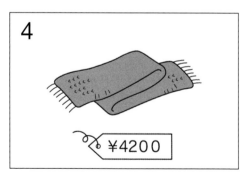

7 ばん

036

もんだい2

もんだい2では、はじめに　しつもんを　きいて　ください。それから　はなしを
きいて、もんだいようしの　1から4の　なかから、いちばん　いい　ものを　ひとつ
えらんで　ください。

れい

1　としょかん

2　えき

3　デパート

4　レストラン

1ばん

🎧038

1 3にん

2 4にん

3 7にん

4 8にん

2ばん

🎧039

1 22さい

2 25さい

3 35さい

4 40さい

3 ばん

(040)

1 じかんが　ないから

2 かんじが　よめないから

3 ひらがなが　わからないから

4 カタカナが　むずかしいから

4 ばん

(041)

1 おかあさんが　しごとに　行くから

2 おとうさんが　家に　いるから

3 おかあさんが　家に　いるから

4 おとうさんが　しごとに　行くから

5 ばん

042

1 おちゃを　のむ

2 つくえの　上を　そうじする

3 パソコンで　しりょうを　つくる

4 でんわを　なおす

6 ばん

043

1 サッカーを　した

2 しょくじを　した

3 ともだちと　はなした

4 ねた

もんだい３

 (044)

もんだい３では、えを　みながら　しつもんを　きいて　ください。➡（やじるし）
の　ひとは　なんと　いいますか。１から３の　なかから、いちばん　いい　ものを
ひとつ　えらんで　ください。

N5

第2回

れい

1 ばん

2 ばん

3 ばん

047

4 ばん

048

5 ばん

もんだい４

もんだい４は、えなどが　ありません。ぶんを　きいて、１から３の　なかから、いちばん　いい　ものを　ひとつ　えらんで　ください。

－ メモ －

JLPT
N5

實戰模擬考題 第3回

實戰模擬測驗計分卡

計分卡可以用來確認自己的實力落在什麼樣的程度。

實際測驗時，因為是採取相對評分的方式，故可能產生誤差。

言語知識（文字・語彙・文法）・讀解

		配分	滿分	答對題數	分數
文字・語彙	問題 1	1 分 12 題	12		
	問題 2	1 分 8 題	8		
	問題 3	1 分 10 題	10		
	問題 4	1 分 5 題	5		
文法	問題 1	1 分 16 題	16		
	問題 2	1 分 5 題	5		
	問題 3	1 分 5 題	5		
讀解	問題 4	8 分 3 題	24		
	問題 5	8 分 2 題	16		
	問題 6	9 分 1 題	9		
合計			110 分		

※ 得分計算：言語知識（文字　語彙　文法）讀解 [ ] 分 ÷110×120 = [ ] 分

聽解

		配分	滿分	答對題數	分數
文字・語彙	問題 1	2 分 7 題	14		
	問題 2	2 分 6 題	12		
	問題 3	2 分 5 題	10		
	問題 4	3 分 6 題	18		
合計			54 分		

※ 得分計算：聽解 [ ] 分 ÷54×60 = [ ] 分

N5

げんごちしき (もじ・ごい)

（25ふん）

ちゅうい
Notes

1. しけんが はじまるまで、この もんだいようしを あけないで ください。
   Do not open this question booklet until the test begins.

2. この もんだいようしを もって かえる ことは できません。
   Do not take this question booklet with you after the test.

3. じゅけんばんごうと なまえを したの らんに、じゅけんひょうと
   おなじように かいて ください。
   Write your examinee registration number and name clearly in each box below as written on your test voucher.

4. この もんだいようしは ぜんぶで 8ページ あります。
   This question booklet has 8 pages.

5. もんだいには かいとうばんごうの ①、②、③ …が あります。
   かいとうは、かいとうようしに ある おなじ ばんごうの ところに
   マークして ください。
   One of the row numbers ①, ②, ③ … is given for each question. Mark your answer in the same row of the answer sheet.

じゅけんばんごう Examinee Registration Number	

なまえ Name	

もんだい1 ＿＿＿の ことばは ひらがなで どう かきますか。1・2・3・4か
ら いちばん いい ものを ひとつ えらんで ください。

(れい) 大きな えが あります。

　　1 おおきな　　　 2 おきな　　　　　 3 だいきな　　　　 4 たいきな

　　(かいとうようし)　│(れい)│　● ②　③　④　│

---

① 金よう日は アルバイトが やすみです。

　　1 すいようび　　　　　　　　2 もくようび

　　3 きんようび　　　　　　　　4 げつようび

② ここから 三つめの えきで おりて ください。

　　1 さんつ　　　 2 いくつ　　　 3 みっつ　　　 4 ふたつ

③ せんせいから 電話が ありました。

　　1 てんわ　　　 2 でんわ　　　 3 てんは　　　 4 でんは

④ 外は さむいので きょうは いえに います。

　　1 そと　　　 2 ほか　　　 3 どこ　　　 4 うち

⑤ 先週 アメリカの ともだちから てがみが きました。

　　1 せんしゅう　　　　　　　　2 ぜんしゅう

　　3 ぜんしょう　　　　　　　　4 せんしょう

6　あしたは　いえで　休む　つもりです。

　　1　たのむ　　　　　2　あそぶ　　　　　3　えらぶ　　　　　4　やすむ

7　あたらしい　まちは　えきが　とおくて　とても　不便です。

　　1　べんり　　　　　2　ふべん　　　　　3　ふへん　　　　　4　ぺんり

8　わたしは　ちいさくて　白い　はなが　すきです。

　　1　くるい　　　　　2　くろい　　　　　3　しるい　　　　　4　しろい

9　ねる　まえに　でんきを　消しました。

　　1　けしました　　　　　　　　　2　おしました

　　3　なおしました　　　　　　　　4　はなしました

10　いまは　3じ　一分　まえです。

　　1　いっぷん　　　　2　いちふん　　　　3　いちぶ　　　　　4　いちぶん

11　もっと　安い　かばんが　ほしいです。

　　1　ひろい　　　　　2　やさしい　　　　3　ひくい　　　　　4　やすい

12　もう　いちど　立って　ください。

　　1　たって　　　　　2　すわって　　　　3　のって　　　　　4　とまって

もんだい2　_____の　ことばは　どう　かきますか。1・2・3・4から
いちばん　いい　ものを　ひとつ　えらんで　ください。

(れい)　わたしの　こどもは　はなが　すきです。

1　了ども　　　　　2　子ども　　　　　3　干ども　　　　　4　予ども

(かいとうようし)　| (れい) | ① ● ③ ④ |

13　あしたの　ぱーてぃーは　なんじですか。

1　ベーティー　　　2　バーティー　　　3　パーディー　　　4　パーティー

14　こんしゅうは　ずっと　さむいです。

1　宣い　　　　　　2　寒い　　　　　　3　熱い　　　　　　4　涼い

15　あの　おとこの　ひとが　きむらせんせいです。

1　女　　　　　　　2　男　　　　　　　3　妹　　　　　　　4　弟

16　おなかが　すいて　ごはんを　さんばいも　たべました。

1　三冊　　　　　　2　三匹　　　　　　3　三杯　　　　　　4　三倍

17　こうえんに　きれいな　はなが　さいて　います。

1　衣　　　　　　　2　芘　　　　　　　3　芯　　　　　　　4　花

18 あねは　ピアノが　じょうずです。

1　下手　　　　　2　上千　　　　　3　上手　　　　　4　下千

19 あの　ひとは　かいしゃいんです。

1　会社員　　　　2　会社買　　　　3　会社人　　　　4　会社貝

20 さいきん　あたらしい　くつを　かいました。

1　新しい　　　　2　親しい　　　　3　就しい　　　　4　割しい

もんだい3　（　　　　）に　なにを　いれますか。1・2・3・4から　いちばん
いい　ものを　ひとつ　えらんで　ください。

（れい）　あそこで　バスに　（　　　　）。

1　のりました　　　　　　　　　　2　あがりました

3　つきました　　　　　　　　　　4　はいりました

　　（かいとうようし）　| (れい) | ● ② ③ ④ |

21　かわいい　ねこが　いたので、しゃしんを　（　　　　）。

1　とりました　　　　　　　　　　2　つけました

3　つくりました　　　　　　　　　4　おしました

22　いもうとは　ひとりで　（　　　　）を　するのが　すきです。

1　プール　　　　2　ルール　　　　3　ゲーム　　　　4　テレビ

23　きのうの　たいふうで　きの　（　　　　）が　おれました。

1　ふだ　　　　　2　は　　　　　　3　にわ　　　　　4　えだ

24　せんしゅうから　あめが　ふって　かぜが　（　　　　）です。

1　みじがい　　　2　つよい　　　　3　ふとい　　　　4　ほそい

25　たなかさんは　えきで　でんしゃに　（　　　　）ました。

1　のり　　　　　2　とり　　　　　3　すわり　　　　4　のぼり

26 この　こうえんには　（　　　　）ひとと　こどもが　たくさん　います。

1　あさい　　　　　2　うすい　　　　　3　からい　　　　　4　わかい

27 ふく　うりばは　１０かいですから、（　　　　）で　いきましょう。

1　ノート　　　　　2　エレベーター　　3　ストーブ　　　　4　フォーク

28 きのう　ちちは　パソコンを　１（　　　　）かいました。

1　枚　　　　　　　2　冊　　　　　　　3　台　　　　　　　4　匹

29 おふろに　おとこの　ひとが　（　　　　）います。

1　ひとり

2　ふたり

3　さんにん

4　よにん

30 いもうとは　いま　しんぶんを　（　　　　）います。

1　かけて

2　おって

3　たって

4　よんで

もんだい4 　　　　　　の ぶんと だいたい おなじ いみの ぶんが あります。1
・2・3・4から いちばん いい ものを ひとつ えらんで ください。

（れい）　ここは でぐちです。いりぐちは あちらです。

　　1 あちらから でて ください。

　　2 あちらから おりて ください。

　　3 あちらから はいって ください。

　　4 あちらから わたって ください。

　　　（かいとうようし）　| （れい） | ① ② ● ④ |

31　わたしは そうじを します。

　　1 ほんや ノートを きれいに します。

　　2 ズボンや シャツを きれいに します。

　　3 へやや いえを きれいに します。

　　4 かおや てを きれいに します。

32　きのう みた えいがは つまらなかったです。

　　1 えいがは やさしかったです。

　　2 えいがは やさしく なかったです。

　　3 えいがは ながく なかったです。

　　4 えいがは おもしろく なかったです。

33　おがわさんは　ぎんこうに　つとめて　います。

　　1　おがわさんは　ぎんこうで　れんしゅうして　います。

　　2　おがわさんは　ぎんこうで　はたらいて　います。

　　3　おがわさんは　ぎんこうで　べんきょうして　います。

　　4　おがわさんは　ぎんこうで　ならって　います。

34　はははは　まいあさ　くだものを　たべます。

　　1　はははは　まいあさ　ケーキを　たべます。

　　2　はははは　まいあさ　りんごを　たべます。

　　3　はははは　まいあさ　ごはんを　たべます。

　　4　はははは　まいあさ　パンを　たべます。

35　ほんださんに　プレゼントを　もらいました。

　　1　ほんださんに「ごちそうさまでした」と　いいました。

　　2　ほんださんに「こんばんは」と　いいました。

　　3　ほんださんに「おやすみなさい」と　いいました。

　　4　ほんださんに「ありがとうございます」と　いいました。

N5

第3回

N5

言語知識（文法）・読解

（50ぷん）

注 意

Notes

1. 試験が始まるまで、この問題用紙をあけないでください。

   Do not open this question booklet until the test begins.

2. この問題用紙を持ってかえることはできません。

   Do not take this question booklet with you after the test.

3. 受験番号となまえをしたの欄に、受験票とおなじようにかいて

   ください。

   Write your examinee registration number and name clearly in each box below as written on your test voucher.

4. この問題用紙は、全部で15ページあります。

   This question booklet has 15 pages.

5. 問題には解答番号の 1 、 2 、 3 …があります。

   解答は、解答用紙にあるおなじ番号のところにマークしてください。

   One of the row numbers 1 , 2 , 3 … is given for each question. Mark your answer in the same row of the answer sheet.

受験番号 Examinee Registration Number	

なまえ Name	

もんだい1　（　　　　）に　何を　入れますか。1・2・3・4から　いちばん

　　　　　いい　ものを　一つ　えらんで　ください。

___

（れい）　これ（　　　　）えんぴつです。

　　　　　1　に　　　　　　2　を　　　　　　3　は　　　　　　4　や

　　　　（かいとうようし）　| （れい） | ① ② ● ④ |

___

1　雨が　ふった（　　　　）川の　みずが　ふえました。

　　1　のは　　　　　　2　ので　　　　　　3　のも　　　　　　4　のに

2　でんしゃ（　　　　）のって　母と　いっしょに　かいものに　行きます。

　　1　に　　　　　　2　で　　　　　　3　を　　　　　　4　が

3　あたらしい　ふく（　　　　）ほしいです。

　　1　が　　　　　　2　に　　　　　　3　と　　　　　　4　の

4　（としょかんで）

　　A「すみませんが、すこし（　　　　）して　ください。」

　　B「すみません。」

　　1　しずかで　　　　2　しずかに　　　　3　しずかを　　　　4　しずかな

5　A「何か　飲みますか。」

　　B「今は（　　　　）飲みたく　ありません。」

　　1　何が　　　　　　2　何か　　　　　　3　何に　　　　　　4　何も

6 きのうは （　　　　） 寒く ありませんでした。

1 よく　　　　　　2 とても　　　　　　3 あまり　　　　　4 たくさん

7 （東京駅で）

A「大阪と 沖縄と どちらが ちかいですか。」
B「大阪（　　　　） が ちかいです。」

1 から　　　　　　2 まで　　　　　　　3 より　　　　　　4 のほう

8 山下「きょうは 何時に おきましたか。」

キム「7時 （　　　　） おきました。」

1 は　　　　　　　2 など　　　　　　　3 ごろ　　　　　　4 も

9 田中「しゅくだいは しましたか。」
山田「はい。ごはんを たべた （　　　　） しました。」

1 まえに　　　　　2 のまえに　　　　　3 あとに　　　　　4 のあとに

10 A「あしたは どこで あいましょうか。」
B「駅の 前に きっさてんが あるから、その 前で （　　　　）。」

1 あいましょう　　　　　　　　　　2 あうでしょう
3 あいました　　　　　　　　　　　4 あいません

11 おとうとが うまれた （　　　　）、父は がいこくに いました。

1 ちゅう　　　　　2 とき　　　　　　　3 より　　　　　　4 ほう

12 ともだちと いっしょに （　　　　） えいがかんに 行きます。

1 もう　　　　　　2 まだ　　　　　　　3 よく　　　　　　4 とても

13 A「たくさんの　人が　およいで　いますね。」

B「ほんとうですね。わたしも　はやく（　　　　）です。」

1 およいだ　　　　2 およぎたい　　　3 およがない　　　4 およぐ

14 わたしの　へやは　あまり（　　　　）。

1 きれく　ないです　　　　　　　2 きれく　ありません

3 きれい　ありません　　　　　　4 きれいじゃ　ありません

15 （レストランで）

店員「のみものは　（　　　　）。」

客　「コーラを　ひとつ　ください。」

1 何に　おねがいします　　　　　2 何に　ください

3 何に　しませんか　　　　　　　4 何に　しますか

16 パクさんは　あたらしく　買った　カメラで　空を　（　　　　）。

1 とりました　　　2 あげました　　　3 うりました　　　4 くれました

もんだい2 _____ ★ ____ に 入（はい）る ものは どれですか。1・2・3・4から いちばん いい ものを 一（ひと）つ えらんで ください。

（もんだいれい）

A ____ ____ ★ ____ か。」
B「山田（やまだ）さんです。」

1 です　　　　2 は　　　　3 あの 人（ひと）　　　　4 だれ

（こたえかた）

1. ただしい 文（ぶん）を つくります。

> A「 ____ ____ ★ ____ か。」
> 3 あの 人（ひと）　2 は　4 だれ　1 です
> B「山田（やまだ）さんです。」

2. ___★__ に 入（はい）る ばんごうを くろく ぬります。

（かいとうようし）　| (れい) | ① ② ③ ● |

17　A「すみません、____ ____ ★ ____ ですか。」
　　B「1000円（えん）です。」

1 本（ほん）　　　2 この　　　3 いくら　　　4 は

18　A「これから 出（で）かけましょうか。」
　　B「いいえ、____ ____ ★ ____ 出（で）かけましょう。」

1 して　　　　2 を　　　3 から　　　4 そうじ

19 すみません。 ＿＿＿＿ ＿＿＿＿ ＿★＿ ＿＿＿＿ ください。

1 話して　　　　2 こえで　　　　3 おおきな　　　4 もっと

20 たいせつな ＿＿＿＿ ＿＿＿＿ ＿★＿ ＿＿＿＿ して ください。

1 なので　　　　2 本　　　　　　3 ように　　　　4 なくさない

21 A「友だちの　プレゼントは　買いましたか。」

　　B「ええ、 ＿＿＿＿ ＿＿＿＿ ＿★＿ ＿＿＿＿ 買いました。」

1 を　　　　　　2 あかくて　　　3 ふく　　　　　4 かわいい

もんだい3　[22]　から　[26]　に　何を　入れますか。ぶんしょうの　いみを
かんがえて、1・2・3・4から　いちばん　いい　ものを　一つ　えらんで
ください。

　日本に　すんで　いる　ひとが「わたしの　しごと」を　テーマに　書いた　ぶん
しょうです。

（1）アンナさんの　ぶんしょう

　わたしは　まいあさ　7時ごろ　[22]　、朝ごはんを　食べて、会社へ　行きま
す。わたしの　会社は　コンピューターの　会社　[23]　、東京に　あります。家
から　会社までは　1時間半ぐらい　[24]　。まいあさ　駅まで　バスで　行って、
そこで　電車に　のりかえます。とおいですが、しごとは　たのしいです。

（2）ジュンホさんの　ぶんしょう

　わたしは　おんがくと　スポーツが　すきです。わたしは　国では　銀行に
つとめて　いましたが、4年前に　おんがくを　べんきょうしに　日本へ　きま
した。[25]　ずっと　ギターを　ならって　います。学生が　おおくて　たいへ
んですが、すきな　[26]　できて　とても　うれしいです。

22

　　　　1　おきるので　　　2　おきた　　　　3　おきて　　　　4　おきる

23

　　　　1　で　　　　　　　2　は　　　　　　3　の　　　　　　4　が

24

　　　　1　かかりました　　　　　　　　　2　かかります
　　　　3　つかいます　　　　　　　　　　4　つかうからです

25

　　　　1　でも　　　　　　2　それから　　　3　それに　　　　4　また

26

　　　　1　ことに　　　　　2　ことも　　　　3　ことが　　　　4　ことや

もんだい４　つぎの　（１）から　（３）の　ぶんしょうを　読んで、しつもんに
　　　　　　こたえて　ください。こたえは、１・２・３・４から　いちばん　いい
　　　　　　ものを　一つ　えらんで　ください。

（１）
　学校に　行く　とき、じてんしゃで　行く　友だちが　おおいですが、わたしは
じてんしゃを　もって　いません。だから、まいにち　バスで　行きます。あるいて
行くと　すこし　とおいです。

27　「わたし」は　どうやって　学校に　行きますか。

　　１　バスで　行きます。

　　２　あるいて　行きます。

　　３　じてんしゃで　行きます。

　　４　友だちと　行きます。

（2）

　あしたは　父（ちち）の　たんじょうびです。きょねんは　セーターと　おさけを　あげました。父（ちち）は　おさけが　すきです。でも、からだに　あまり　よく　ないので　今年（ことし）は　くつだけを　あげます。

28　「わたし」は　父（ちち）に　何（なに）を　あげますか。

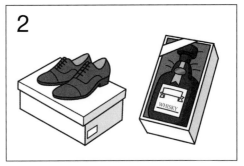

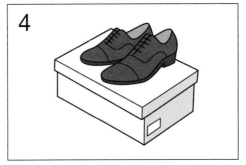

（3）

これは、ヤンさんが　田中さんに　書いた　メモです。

田中さん

　つくえの　上に　先生に　おくる　しりょうが　あります。わたしは　字が　へたなので　先生の　じゅうしょと　なまえを　かいて　ください。わたしが　ゆうびんきょくへ　行って　きってを　はって　だします。

ヤン

29　田中さんは　何を　しますか。

1　しりょうを　つくえの　上に　おきます。

2　じゅうしょを　かきます。

3　きってを　かいます。

4　しりょうを　おくります。

もんだい5　つぎの　ぶんしょうを　読んで、しつもんに　こたえて　ください。
　　　　　こたえは、1・2・3・4から　いちばん　いい　ものを　一つ　えらんで
　　　　　ください。

　すずきさんは　いま　大学　1年生です。今年から　アパートに　ひとりで　すんで　います。すずきさんは　料理を　つくるのが　あまり　好きでは　ありません。だから、あさは　くだものや　パンを　食べます。ひるは　学校の　食堂で　食べます。食堂の　しょくじは　おいしいですが、お金が　かかるので　よるは　じぶんで　作ります。

　すずきさんは　きのう　学校に　行く　とき、げんかんの　かぎを　しめませんでした。いそがしくて　走って　学校に　行ったからです。誰も　家に　いないので、とても　心配だったそうです。わるい　人が　家の　中に　はいるかも　しれませんし、お金が　なく　なるかも　しれないからです。ひとりで　すむ　ことは　たのしいですが、こわい　ことも　多いと　思います。でも、好きな　時間に　家に　帰る　ことが　できるので　うらやましいです。

---

30 すずきさんは　ひるごはんを　どうしますか。

1　パンを　買います。

2　くだものを　食べます。

3　食堂で　食べます。

4　じぶんで　作ります。

31 すずきさんは　どうして　心配でしたか。

1　お父さんと　お母さんが　かえって　こないから

2　わるい　人が　家に　はいる　かもしれないから

3　げんかんの　かぎが　なく　なったから

4　好きな　時間に　家に　かえるから

N5

第3回

もんだい6　　右の　ページを　見て、下の　しつもんに　こたえて　ください。

こたえは、1・2・3・4から　いちばん　いい　ものを　一つ　えらんで

ください。

32　　ゴルフと　サッカーを　ならいたいです。週に　何回　行きますか。

1　2回

2　3回

3　4回

4　5回

◆　スポーツ教室　◆

みんなで　たのしく　スポーツを　練習します。

① ゴルフ
- 毎週　日よう日です。
- 1回　2時間です。
- 1か月　8000円です。

② テニス
- 週に2回、　火よう日と　木よう日です。
- 1回　1時間半です。
- 1回　800円です。

③ サッカー
- 週に2回、　月よう日と　水よう日です。
- 1回　1時間です。
- 1回　500円です。

※　ならいたい　人は　034-543-2921に　電話を　して　ください。
　　運動の　ときに　きる　ふくを　もって　きて　ください。

N5

聴解
<small>ちょう かい</small>

（30分）
<small>ぷん</small>

受験番号 Examinee Registration Number <small>じゅけんばんごう</small>	

名 前 Name <small>な まえ</small>	

もんだい 1

🎧057

　もんだい 1 では、はじめに　しつもんを　きいて　ください。それから　はなしを
きいて、もんだいようしの　1 から 4 の　なかから、いちばん　いい　ものを　ひとつ
えらんで　ください。

れい

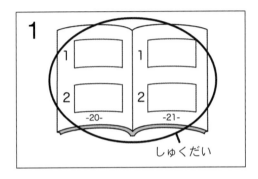

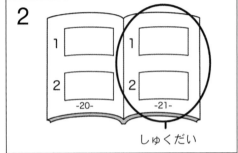

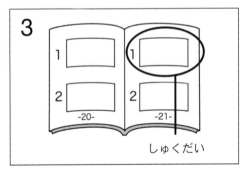

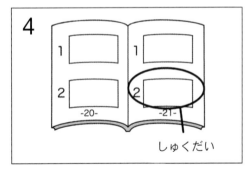

1 ばん

058

1 12じ　はん

2 11じ

3 9じ　はん

4 10じ

2 ばん

059

3 ばん 🎧060

4 ばん 🎧061

1 はなす

2 かく

3 よむ

4 きく

5 ばん

1 ほんを　かりる

2 ほんを　ポストに　いれる

3 ポストを　かかりの　ひとに　みせる

4 ほんを　かかりの　ひとに　かえす

6 ばん

1 木_{もく}よう日_び

2 土_どよう日_び

3 月_{げつ}よう日_び

4 水_{すい}よう日_び

7ばん

1 うんどうを　する

2 ともだちに　あう

3 テレビを　みる

4 りょうりを　する

もんだい2

　もんだい2では、はじめに　しつもんを　きいて　ください。それから　はなしを きいて、もんだいようしの　1から4の　なかから、いちばん　いい　ものを　ひとつ えらんで　ください。

れい

1　としょかん

2　えき

3　デパート

4　レストラン

1ばん　🎧066

1 1じ

2 4じ

3 5じ

4 6じ

2ばん　🎧067

1 きってを　かう

2 てがみを　だす

3 コピーの　かみを　かう

4 おかねを　はらう

3 ばん

1 水^{すい}よう日^び

2 木^{もく}よう日^び

3 金^{きん}よう日^び

4 土^どよう日^び

N5

第3回

4 ばん

1 アメリカ

2 ちゅうごく

3 かんこく

4 ヨーロッパ

5ばん

🎧070

1　30ぷん

2　1じかん

3　2じかん

4　3じかん

6ばん

🎧071

1　ひろい　へや

2　せまい　へや

3　あたらしい　へや

4　ふるい　へや

もんだい３

🎧 072

　もんだい３では、えを　みながら　しつもんを　きいて　ください。➡（やじるし）
の　ひとは　なんと　いいますか。１から３の　なかから、いちばん　いい　ものを
ひとつ　えらんで　ください。

れい

1 ばん

073

2 ばん

074

3 ばん

4 ばん

5 ばん

もんだい４

　もんだい４は、えなどが　ありません。ぶんを　きいて、１から３の　なかから、いちばん　いい　ものを　ひとつ　えらんで　ください。

－ メモ －

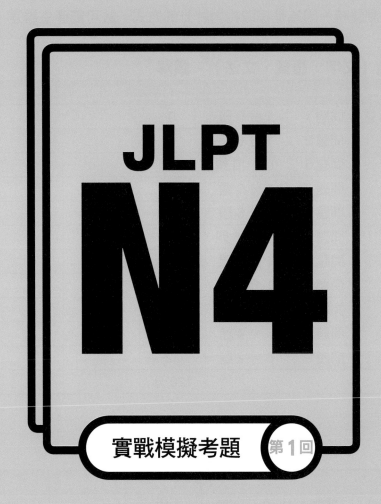

JLPT

N4

實戰模擬考題　第 1 回

實戰模擬測驗計分卡

計分卡可以用來確認自己的實力落在什麼樣的程度。

實際測驗時，因為是採取相對評分的方式，故可能產生誤差。

言語知識（文字・語彙・文法）・讀解

		配分	滿分	答對題數	分數
文字・語彙	問題 1	1 分 9 題	9		
	問題 2	1 分 6 題	6		
	問題 3	1 分 10 題	10		
	問題 4	1 分 5 題	5		
	問題 5	1 分 5 題	5		
文法	問題 1	1 分 15 題	15		
	問題 2	1 分 5 題	5		
	問題 3	1 分 5 題	5		
讀解	問題 4	6 分 4 題	24		
	問題 5	6 分 4 題	24		
	問題 6	6 分 2 題	12		
合計			120 分		

聽解

		配分	滿分	答對題數	分數
文字・語彙	問題 1	2 分 8 題	16		
	問題 2	2 分 7 題	14		
	問題 3	2 分 5 題	10		
	問題 4	2 分 8 題	16		
合計			56 分		

※ 得分計算：聽解 [　] 分 ÷56×60 = [　] 分

N4

げんごちしき（もじ・ごい）

（30ぷん）

ちゅうい
Notes

1. しけんが　はじまるまで、この　もんだいようしを　あけないで　ください。
   Do not open this question booklet until the test begins.

2. この　もんだいようしを　もって　かえる　ことは　できません。
   Do not take this question booklet with you after the test.

3. じゅけんばんごうと　なまえを　したの　らんに、じゅけんひょうと
   おなじように　かいて　ください。
   Write your examinee registration number and name clearly in each box below as written on your test voucher.

4. この　もんだいようしは　ぜんぶで　9ページ　あります。
   This question booklet has 9 pages.

5. もんだいには　かいとうばんごうの　１、２、３…が　あります。
   かいとうは、かいとうようしに　ある　おなじ　ばんごうの　ところに
   マーク　して　ください。
   One of the row numbers １, ２, ３ … is given for each question. Mark your answer in the same row of the answer sheet.

じゅけんばんごう　Examinee Registration Number	

なまえ　Name	

もんだい1　　＿＿＿の　ことばは　ひらがなで　どう　かきますか。　1・2・3・4
から　いちばん　いい　ものを　ひとつ　えらんで　ください。

(例)　わたしの　せんもんは　文学です。

1　いがく　　　　2　かがく　　　　3　ぶんがく　　　4　すうがく

（かいとうようし）　| **(例)** | ① ② ● ④ |

1　あたらしい　教室は　とても　ひろいです。

1　きゅしつ　　　2　きょしつ　　　3　きゅうしつ　　4　きょうしつ

2　田中さんは　いつも　夜　でんわを　します。

1　ひる　　　　　2　よる　　　　　3　あさ　　　　　4　ばん

3　そとは　風が　強いです。

1　つめたい　　　2　あたたかい　　3　よわい　　　　4　つよい

4　台風が　こちらに　来て　いる　そうです。

1　たいふう　　　2　だいふ　　　　3　たいふ　　　　4　だいふう

5　となりの　まちは　人口が　おおく　なりました。

1　じんこう　　　2　にんこう　　　3　にんごう　　　4　じんごう

6　きのうの　夕飯は　わたしが　つくりました。

1　ちゅうはん　　2　ゆうしょく　　3　ゆうはん　　　4　ちゅうしょく

7　すずきさんは　いっしゅうかん　会社を　休んで　います。

1　やすんで　　　　2　すんで　　　　　3　たのんで　　　　4　とんで

8　あしたの　しあいは　中止です。

1　じゅうと　　　　2　じゅうし　　　　3　ちゅうと　　　　4　ちゅうし

9　きのう　買って　きた　魚の　味が　おかしいです。

1　おと　　　　　　2　うた　　　　　　3　こえ　　　　　　4　あじ

もんだい2 ＿＿＿＿ の ことばは どう かきますか。1・2・3・4から いちばん いい ものを ひとつ えらんで ください。

（例） ふねで にもつを おくります。

1 近ります　　2 逆ります　　3 辺ります　　4 送ります

（かいとうようし）　| （例） | ① ② ③ ● |

---

10 この スーパーは にくが やすいです。

1 魚　　　　2 肉　　　　3 米　　　　4 鳥

11 まいあさ ははと うんどうを して います。

1 運動　　　2 運道　　　3 運働　　　4 運同

12 あさから おおきい おとで おんがくを ききます。

1 開きます　　2 関きます　　3 聞きます　　4 闇きます

13 田中さんが もって いる リボンは ながいです。

1 長い　　　2 食い　　　3 良い　　　4 高い

14 あなたの こたえは ただしいと 思います。

1 止しい　　2 下しい　　3 正しい　　4 王しい

15 らいしゅうは 日本語の うたを ならいます。

1 習います　　2 究います　　3 学います　　4 勉います

もんだい3　（　　　）に　なにを　いれますか。1・2・3・4から　いちばん
いい　ものを　ひとつ　えらんで　ください。

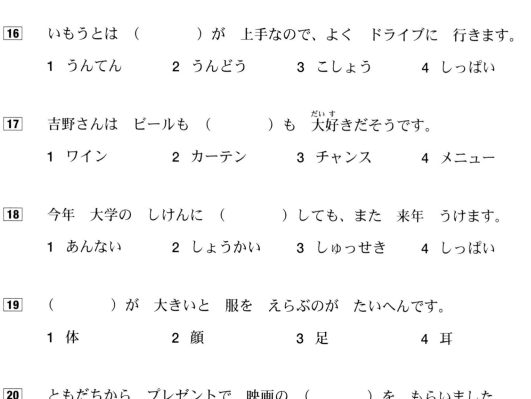

（例）　スーパーで　もらった　（　　　）を　見ると、何を　買ったか　わかります。

1　レジ　　　　　　　2　レシート　　　　　3　おつり　　　　　　4　さいふ

（かいとうようし）　（例）　①　●　③　④

16　いもうとは　（　　　）が　上手なので、よく　ドライブに　行きます。

1　うんてん　　　　2　うんどう　　　　3　こしょう　　　　4　しっぱい

17　吉野さんは　ビールも　（　　　）も　大好（だいす）きだそうです。

1　ワイン　　　　　2　カーテン　　　　3　チャンス　　　　4　メニュー

18　今年　大学の　しけんに　（　　　）しても、また　来年　うけます。

1　あんない　　　　2　しょうかい　　　3　しゅっせき　　　4　しっぱい

19　（　　　）が　大きいと　服を　えらぶのが　たいへんです。

1　体　　　　　　　2　顔　　　　　　　3　足　　　　　　　4　耳

20　ともだちから　プレゼントで　映画の　（　　　）を　もらいました。

1　チケット　　　　2　サービス　　　　3　パーティー　　　4　イベント

21　いがいに　だれも　しつもんに　（　　　　）。

1　おしえられませんでした　　　　2　おぼえられました

3　かんがえられました　　　　　　4　こたえられませんでした

22　この　ジュースは　あかいですが、バナナの　（　　　　）が　します。

1　あじ　　　　　2　いろ　　　　　3　おと　　　　　4　かたち

23　学校の　うんどうじょうまで　すごい　スピードで　（　　　　）。

1　とびました　　　　　　　　　　2　はしりました

3　のぼりました　　　　　　　　　4　さんぽしました

24　きのうから　かぜで　熱は　あるし、（　　　　）は　いたいし、大変だ。

1　のど　　　　　2　て　　　　　　3　かお　　　　　4　こえ

25　形が　（　　　　）石を　ひろいました。

1　めずらしい　　2　あさい　　　　3　すずしい　　　　4　うれしい

もんだい4 　＿＿＿＿＿の　ぶんと　だいたい　おなじ　いみの　ぶんが　あります。1・2・3・4から　いちばん　いい　ものを　ひとつ　えらんで　ください。

（例） でんしゃの　中で　さわがないで　ください。

1 でんしゃの　中で　ものを　たべないで　ください。

2 でんしゃの　中で　うるさく　しないで　ください。

3 でんしゃの　中で　たばこを　すわないで　ください。

4 でんしゃの　中で　きたなく　しないで　ください。

（かいとうようし） | (例) | ① | ● | ③ | ④ |

26 　よしださんが　きょうしつに　のこって　います。

1 よしださんは　まだ　きょうしつに　きて　いません。

2 よしださんは　もう　きょうしつに　きて　います。

3 きょうしつに　よしださんは　いません。

4 きょうしつに　よしださんが　まだ　います。

27 　この　ビルには　ちゅうしゃじょうが　あります。

1 ビルに　じどうしゃを　とめる　ところが　あります。

2 ビルに　じどうしゃを　うる　ところが　あります。

3 ビルに　じどうしゃを　つくる　ところが　あります。

4 ビルに　じどうしゃを　あらう　ところが　あります。

28 あには　まじめに　ほんを　よんで　います。

1　あには　あんぜんに　ほんを　よんで　います。

2　あには　いっしょうけんめいに　ほんを　よんで　います。

3　あには　げんきに　ほんを　よんで　います。

4　あには　にぎやかに　ほんを　よんで　います。

29 きむらさんの　はなしは　うそです。

1　きむらさんは　ほんとうの　はなしを　して　います。

2　きむらさんは　おもしろい　はなしを　して　います。

3　きむらさんは　ほんとうでは　ない　はなしを　して　います。

4　きむらさんは　おもしろく　ない　はなしを　して　います。

30 いもうとは　どんな　ことを　いやがりますか。

1　いもうとは　どんな　ことが　すきですか。

2　いもうとは　どんな　ことが　きらいですか。

3　いもうとは　どんな　ことを　しって　いますか。

4　いもうとは　どんな　ことを　やる　つもりですか。

もんだい5　つぎの　ことばの　つかいかたで　いちばん　いい　ものを　1・2・3・4から　ひとつ　えらんで　ください。

（例）　すてる

1　へやを　ぜんぶ　すてて　ください。

2　ひどい　ことを　するのは　すてて　ください。

3　ここに　いらない　ものを　すてて　ください。

4　学校の　本を　かばんに　すてて　ください。

（かいとうようし）　｜（例）｜ ① ② ● ④ ｜

31　くらい

1　へやが　くらいので　電気を　つけました。

2　そうじを　したら　家が　くらく　なりました。

3　くらすぎて　目が　いたいです。

4　父は　くらい　ぼうしを　かぶって　います。

32　あやまる

1　田中さんに　行かないと　あやまりました。

2　友だちに　まちがいを　あやまりました。

3　レストランで　ジュースを　あやまりました。

4　先生に　おれいを　あやまりました。

33 せわ

1 あたらしい 学校の せわは とても たのしいです。

2 あの いしゃは この せわで ゆうめいです。

3 へやを いつも せわして おきます。

4 木村さんには せわに なりました。

34 めずらしい

1 その かばんの ねだんは とても めずらしいです。

2 会社に はいって、やっと しごとに めずらしく なりました。

3 りょうりを めずらしく して ください。

4 あそこに ある 絵は とても めずらしい ものです。

35 のりかえる

1 円を ドルに のりかえて ください。

2 つぎの えきで おりて、バスに のりかえて ください。

3 こんかいの やすみには 会社の ちかくに のりかえる 予定です。

4 へやの テレビが ふるく なったので、のりかえようと 思います。

N4

言語知識（文法）・読解

（60分）

受験番号　Examinee Registration Number	

名前　Name	

もんだい１　（　　　　）に　何を　入れますか。１・２・３・４から　いちばん

いい　ものを　一つ　えらんで　ください。

（例）　わたしは　毎朝　新聞（　　　　）読みます。

　　　1　が　　　　　　　2　の　　　　　　　3　を　　　　　　　4　で

　　　（解答用紙）　│　（例）　│　①　②　●　④　│

1　おばあさんは　大きい　犬に　手（　　　　）　かまれて　たいへんだった

そうです。

　　　1　が　　　　　　　2　を　　　　　　　3　に　　　　　　　4　は

2　喫茶店から　コーヒーの　いい　におい（　　　　）　して　います。

　　　1　を　　　　　　　2　に　　　　　　　3　が　　　　　　　4　は

3　６月（　　　　）　大学で　勉強して、７月に　国へ　かえります。

　　　1　まで　　　　　　2　までに　　　　　3　ころ　　　　　　4　くらい

4　この　花は　日本語で　なん（　　　　）　いいますか。

　　　1　の　　　　　　　2　に　　　　　　　3　を　　　　　　　4　と

5　わたしは　（　　　　）つまらない　映画でも　さいごまで　みる　ことが　で

きます。

　　　1　どうして　　　2　どんなに　　　3　なんで　　　　4　どうしても

6 A「木村さん、帰らないんですか。」

B「部長に たのまれた しごとが おおくて（　　　　）帰れません。」

1 だんだん　　　　2 なかなか　　　　3 だいたい　　　　4 そろそろ

7 A「たんご試験は むずかしかったですか。」

B「いいえ、（　　　　）に むずかしく なかったです。」

1 こんな　　　　2 あれ　　　　3 そう　　　　4 そんな

8 A「こんどの 夏休みに なにを しますか。」

B「一人で 旅行に 行く（　　　　）に しました。」

1 こと　　　　2 もの　　　　3 ところ　　　　4 しか

9 あしたは やすみなので、起きるのが（　　　　）かまいません。

1 早くては　　　　　　　　　　2 早く なくても

3 早く ないでも　　　　　　　　4 早く なっても

10 どの スカートが にあうか、買う まえに かがみに うつして
（　　　　）。

1 あります　　　　2 みます　　　　3 おきます　　　　4 いきます

11 子どもに やさいを うまく（　　　　）方法を しりたいです。

1 たべる　　　　　　　　　　2 たべられる

3 たべさせる　　　　　　　　4 たべさせられる

155

12 医者「今日は（　　　）。」

学生「きのうから　お腹が　いたいんです。」

医者「そうですか。では、お腹を　みせて　ください。」

1　どうしますか　　　　　　　　2　どうしましょうか

3　どうでしょうか　　　　　　　4　どうしましたか

13 ここでは　30分　（　　　）　10分　やすまなければ　なりません。

1　およいだ　　　　　　　　　　2　およいだら

3　およいだので　　　　　　　　4　およいだのに

14 キム「水野さんは　韓国に　（　　　）　ことが　ありますか。」

水野「いいえ、一度も　ありません。」

1　行こう　　　　2　行く　　　　3　行った　　　　4　行かない

15 だいじに　して　いた　おさけを　妹に　（　　　）。

1　のむそうです　　　　　　　　2　のんで　みました

3　のまれて　しまいました　　　4　のんだでしょう

もんだい2 ＿＿＿★＿＿ に 入る ものは どれですか。1・2・3・4から いちばん いい ものを 一つ えらんで ください。

(問題例)

つくえの ＿＿＿ ＿＿＿ ★ ＿＿＿ あります。

1 が　　　　2 に　　　　3 上　　　　4 ペン

(答え方)

1. 正しい 文を 作ります。

> つくえの ＿＿＿ ＿＿＿ ★ ＿＿＿ あります。
>
> 　　　　3 上　　2 に　　4 ペン　　1 が

2. ★ に 入る 番号を 黒く 塗ります。

(解答用紙)　| (例) | ① ② ③ ● |

16　A「先生、＿＿＿ ＿＿＿ ★ ＿＿＿ なおしました。」

　　B「はい。では、みせて ください。」

　　1 で　　　　　　2 まちがえた　　　3 ところを　　　　4 作文

17　きのう テレビで ＿＿＿ ＿＿＿ ★ ＿＿＿ が 紹介されました。

　　1 学校　　　　　2 ともだちの　　　3 いる　　　　　　4 通って

18 あしたは ＿＿＿＿ ＿＿＿＿ ＿★＿ ＿＿＿＿ 家に　かえります。

1　いつもより　　2　早く　　　　　3　ようじが　　　　4　あるので

19 A「サンドイッチ　ひとつ　ください。」

B「先に　あちらの　機械で ＿＿＿＿ ＿＿＿＿ ＿★＿ ＿＿＿＿。」

1　ください　　　2　を　　　　　　3　買って　　　4　チケット

20 A「あのう、さくら図書館は　どこですか。」

B「こちらの　道を ＿＿＿＿ ＿＿＿＿ ＿★＿ ＿＿＿＿ 見えます。」

A「ありがとうございます。」

1　と　　　　　　2　まっすぐ　　　3　行く　　　　4　図書館が

もんだい3　　21　から　25　に　何を　入れますか。文章の　意味を　考えて、

　　　　　1・2・3・4から　いちばん　いい　ものを　一つ　えらんで　ください。

これは「アイスクリームの日」に　ついての　作文です。

　日本の　5月　9日は　「アイスクリームの日」です。わたしの　国では「ア
イスクリームの日」が　ないので、はじめて　聞いた　ときは　うそ　21　と
思いました。　22　、先生に　聞いて　みると　本当に「アイスクリームの日」が
ありました。

　「アイスクリームの日」が　作られたのは　140年前の　ことです。この　日、
日本で　はじめての　アイスクリームが　横浜と　いう　ところで　23　。はじ
めは　「アイスクリー」という　名前で　売って　いました。　24　だんだん　「ア
イスクリーム」という　名前に　変わりました。

　今日は　5月　8日です。天気は　雨が　降ったり　やんだりして　いますが、
明日は　晴れると　いうので、アイスクリームを　食べるのに　いい　25　。

21

1 か   2 に   3 は   4 が

22

1 それでは   2 たとえば   3 しかし   4 では

23

1 売り終わりました   2 売られはじめました
3 売り続けました   4 売りましょう

24

1 でも   2 それでは   3 ですから   4 すると

25

1 天気に　すると　思います   2 天気だと　思ったり　します
3 天気に　しようと　思います   4 天気に　なると　思います

**もんだい４　つぎの（１）から（４）の文章を読んで、質問に答えてください。答えは、
１・２・３・４から、いちばんいいものを一つえらんでください。**

（１）

これは、キムさんから佐藤さんに届いたメールです。

佐藤さん

　昨日は、おいしい食事をありがとうございました。

佐藤さんは、おいしい店をたくさん知っていますね。

来週、友だちと約束があるので、また、あの店に行きたいです。

すみませんが、店の電話番号を教えてください。よろしくおねがいします。

　　　　　　　　　　　　　　　　　　　　　　　　　　キム

26　キムさんは来週、何をすると言っていますか。

1　友だちと食事をします。

2　佐藤さんと食事をします。

3　友だちに電話をします。

4　佐藤さんに電話をします。

（2）

田中さんのこどもが、学校で手紙をもらってきました。

お父さん、お母さんへ

《9月の誕生日パーティーをします》

◇　9月の誕生日パーティーは15日（火曜日）にします。

◇　授業がおわったあとにします。

◇　今月が誕生日の友だちは男の子1人、女の子1人です。

◇　食べ物は持ってこないでください。

◇　誕生日の友だちに手紙を書いて、もってきてください。

クラスの担任より

27　この手紙から、誕生日パーティーについてわかることは何ですか。

1　パーティーは休み時間にします。

2　9月が誕生日のこどもは一人です。

3　誕生日の友だちに手紙をわたします。

4　誕生日のこどもはお菓子を準備します。

（3）

　山田さんの住んでいる部屋は駅の近くにあります。学校までは自転車で15分ぐらいです。駅の周りにはビルがたくさん建っていて、デパートが3つあります。とても便利な場所ですが、車の音や人の声が少しうるさいです。静かな公園を散歩したいときには、電車に乗って、隣の町まで行かなくてはいけません。

28　山田さんはどんなところに住んでいますか。

　　1　駅から遠くて不便なところ

　　2　学校まで歩いて15分のところ

　　3　便利でにぎやかなところ

　　4　静かな公園の近く

（4）

これは、じどう公園の乗り物の案内です。

たのしく遊ぶために守りましょう！

- ・　130 cm 以下のこどもは大人と一緒に乗ること。
- ・　乗り物で飲食をしないこと。
- ・　安全ベルトを必ずすること。
- ・　荷物は係の人にあずけること。

以上

★上のことを守って、たのしく安全に遊びましょう。

29　乗り物に乗る人が守らなければいけないことは何ですか。

1　こどもは必ず大人と乗ります。

2　乗り物の中で食べたり飲んだりすることはできません。

3　こどもだけ安全ベルトをします。

4　荷物は持って乗ります。

もんだい５　つぎの文章を読んで、質問に答えてください。答えは１・２・３・４から、いちばんいいものを一つえらんでください。

　わたしは夏休みに家族と旅行をしました。電車に乗って１時間ぐらいで、駅に着きました。駅を出ると、おみやげの店がたくさんありました。そして、すぐにきれいな青い海が見えました。その海の上を長い橋が通っていました。わたしはとても感動しました。父が「ここは夕方ならもっときれいだけど、昼間もいいね。ここで少し休んで行こうか。」と言ったので、わたしたちは近くの食堂に入ることにしました。①美しい景色を見ながら食べたので、料理がとてもおいしく感じました。

　それから、わたしたちは歩いてホテルまで行きました。わたしと妹はホテルの部屋に着くと、すぐに着がえて海に走って行きました。そこで泳いだり、ボールで遊んだりしました。父と母が後からいすを持ってきて、そこに座ってビールを飲んだり、本を読んだりしてのんびりしていました。

　母が「来年は海外に行きたいね。」と言うと、父は最初は「それはちょっと…」と言って笑っていましたが、わたしと妹が「英語を一生けんめい勉強するから。」と言うと、「よし、分かった。じゃあ、②そうしよう。」と言いました。来年の家族旅行がとても楽しみです。

30 どうやってホテルまで行きましたか。

1 電車を降りてからバスに乗りました。

2 バスを降りてから、歩いて行きました。

3 車でホテルまで行きました。

4 電車を降りてから、歩いて行きました。

31 ①美しい景色とありますが、どんな景色ですか。

1 電車が見える景色

2 おみやげの店が並んでいる景色

3 海の上に橋がかかっている景色

4 夕方の太陽が美しく見える景色

32 「わたし」と妹はホテルに着いたあと、何をしましたか。

1 部屋でのんびりしました。

2 着がえてからプールに入りました。

3 海に行って泳ぎました。

4 本を読みました。

33 ②そうしようとありますが、どんな意味ですか。

1 来年も海に来よう

2 いっしょに英語の勉強をしよう

3 来年は外国に行こう

4 来年も海へこう

もんだい6　つぎのページを見て、下の質問に答えてください。答えは、１・２・３・４から、いちばんいいものを一つえらんでください。

34 動物と写真をとりたい人は、どこへ行けばいいですか。

1　やまだ公園

2　第２公園

3　じどう公園

4　さくら公園

35 この案内の内容と、合っているものはどれですか。

1　やまだ公園はただで入れます。

2　第２公園ではギターを演奏することができます。

3　じどう公園のイベントは、何ももって行かなくていいです。

4　さくら公園では17時までイベントをしています。

◎ 山田町「こどもの日」イベント案内 ◎

山田町には町の人のための公園が4つあります。5月4日（土）、5日（日）にそれぞれの公園で「こどもの日」のイベントがあります。

① やまだ公園 入場料 200円	【動物と遊ぼう】 9：00～16：00 動物にえさをあげたりさわったり、いっしょに写真をとることもできます。 カメラを持ってきてください。
② 第2公園 入場料 50円	【こどもコンサート】 1かいめ　10：00～12：00 2かいめ　14：00～16：00 山田高校のお兄さん、お姉さんがギターを演奏してくれます。
③ じどう公園 入場料 ただ	【ゲームを作ろう】 11：00～15：00 紙や箱などをつかって、楽しいゲームを作ります。 材料は、こちらで用意します。
④ さくら公園 入場料 ただ	【みんなで絵をかこう】 9：00～14：00 さくら公園をみんなでかきます。じょうずにかけた人には、きねんひんがあります。参加者は家から、絵をかく道具を持ってきてください。

※ 雨の場合は中止になることもあります。

N4

聴解
（35分）

注意
Notes

1. 試験が始まるまで、この問題用紙を開けないでください。
   Do not open this question booklet until the test begins.

2. この問題用紙を持って帰ることはできません。
   Do not take this question booklet with you after the test.

3. 受験番号と名前を下の欄に、受験票と同じように書いて
   ください。
   Write your examinee registration number and name clearly in each box below as written on your test voucher.

4. この問題用紙は、全部で15ページあります。
   This question booklet has 15 pages.

5. この問題用紙にメモをとってもいいです。
   You may make notes in this question booklet.

受験番号 Examinee Registration Number	

名前 Name	

もんだい1

　もんだい1では、まず　しつもんを　聞いて　ください。それから　話を　聞いて、もんだいようしの　1から4の　中から、いちばん　いい　ものを　一つ　えらんで　ください。

れい

1　ぎゅうにゅう　1本だけ
2　ぎゅうにゅう　1本と　チーズ
3　ぎゅうにゅう　2本だけ
4　ぎゅうにゅう　2本と　チーズ

1 ばん

086

1　12時

2　12時5分

3　12時30分

4　14時30分

2 ばん

087

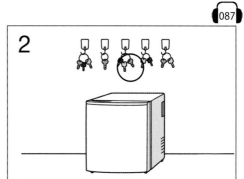

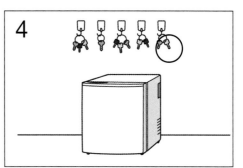

3 ばん

088

1

2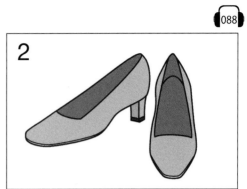

3

4

4 ばん

089

1 6こ

2 7こ

3 8こ

4 9こ

5 ばん

090

6 ばん

091

7 ばん

092

8 ばん

093

1 しろ

2 あお

3 きいろ

4 あか

もんだい２

　もんだい２では、まず　しつもんを　聞いて　ください。そのあと、もんだいようし
を　見て　ください。読む　時間が　あります。それから　話を　聞いて、もんだいよ
うしの　１から４の　中から、いちばん　いい　ものを　一つ　えらんで　ください。

れい

1　へやが　せまいから

2　ばしょが　ふべんだから

3　たてものが　古いから

4　きんじょに　ともだちが　いないから

1ばん

1 歌手に　なりたいから
2 音楽の　先生に　なりたいから
3 ピアノの　先生に　なりたいから
4 ピアニストに　なりたいから

2ばん

1 ねつが　あったから
2 あたまが　いたかったから
3 けがを　したから
4 歯が　いたかったから

3ばん

 N4

第1回

1 かなしい　ニュースを　見たから

2 洋子さんの　子どもが　びょうきだから

3 かなしい　ドラマを　見たから

4 洋子さんが　びょうきだから

4ばん

098

1 5年

2 6年

3 7年

4 8年

5 ばん

1 おかねが　ないから

2 りんごが　古^{ふる}いから

3 かたちが　わるいから

4 おもいから

6 ばん

1 せんたくき

2 そうじき

3 テレビ

4 カメラ

7ばん

1 ほしい　いろが　なかった　こと

2 京都が　さむかった　こと

3 デパートが　やすみだった　こと

4 東京に　おなじものが　うっていた　こと

もんだい3

 102

　もんだい3では、えを　見ながら　しつもんを　聞いて　ください。➡（やじるし）
の　人は　何と　言いますか。1から3の　中から、いちばん　いい　ものを　一つ
えらんで　ください。

れい

1 ばん

2 ばん

3 ばん

4 ばん

5 ばん

もんだい４

　　もんだい４では、えなどが　ありません。まず　ぶんを　聞_きいて　ください。

それから、そのへんじを　聞_きいて、１から３の　中_{なか}から、いちばん　いい　ものを

一_{ひと}つ　えらんで　ください。

－ メモ －

JLPT
N4

實戰模擬考題　第2回

實戰模擬測驗計分卡

計分卡可以用來確認自己的實力落在什麼樣的程度。

實際測驗時，因為是採取相對評分的方式，故可能產生誤差。

言語知識（文字・語彙・文法）・讀解

		配分	滿分	答對題數	分數
文字・語彙	問題 1	1 分 9 題	9		
	問題 2	1 分 6 題	6		
	問題 3	1 分 10 題	10		
	問題 4	1 分 5 題	5		
	問題 5	1 分 5 題	5		
文法	問題 1	1 分 15 題	15		
	問題 2	1 分 5 題	5		
	問題 3	1 分 5 題	5		
讀解	問題 4	6 分 4 題	24		
	問題 5	6 分 4 題	24		
	問題 6	6 分 2 題	12		
合計			120 分		

聽解

		配分	滿分	答對題數	分數
文字・語彙	問題 1	2 分 8 題	16		
	問題 2	2 分 7 題	14		
	問題 3	2 分 5 題	10		
	問題 4	2 分 8 題	16		
合計			56 分		

※ 得分計算：聽解［　］分 ÷56×60 =［　］分

N4

げんごちしき (もじ・ごい)

(30ぷん)

ちゅうい
Notes

1. しけんが　はじまるまで、この　もんだいようしを　あけないで　ください。
   Do not open this question booklet until the test begins.

2. この　もんだいようしを　もって　かえる　ことは　できません。
   Do not take this question booklet with you after the test.

3. じゅけんばんごうと　なまえを　したの　らんに、じゅけんひょうと
   おなじように　かいて　ください。
   Write your examinee registration number and name clearly in each box below as written on your test voucher.

4. この　もんだいようしは　ぜんぶで　9ページ　あります。
   This question booklet has 9 pages.

5. もんだいには　かいとうばんごうの　1、2、3 …が　あります。
   かいとうは、かいとうようしに　ある　おなじ　ばんごうの　ところに
   マーク　して　ください。
   One of the row numbers 1, 2, 3 … is given for each question. Mark your answer in the same row of the answer sheet.

じゅけんばんごう　Examinee Registration Number	

なまえ　Name	

もんだい1 ＿＿＿＿の ことばは ひらがなで どう かきますか。１・２・３・４か
ら いちばん いい ものを ひとつ えらんで ください。

（例） わたしの せんもんは 文学です。

1 いがく　　　　2 かがく　　　　3 ぶんがく　　　　4 すうがく

（かいとうようし）　（例）　① ② ● ④

1　ほんやで せかい 地図を かいました。

1 ちと　　　　2 ちず　　　　3 じと　　　　4 じず

2　そとが うるさいので 部屋の ドアを しめて ください。

1 へんや　　　　2 ぶんや　　　　3 へや　　　　4 ぶや

3　3時までに 家に 帰らなければ なりません。

1 まがらなければ　　　　　　　2 もどらなければ

3 かえらなければ　　　　　　　4 わたらなければ

4　東の そらが あかるく なって きました。

1 くるま　　　　2 ひがし　　　　3 にし　　　　4 きた

5　空港へ ともだちを むかえに 行きます。

1 くうこう　　　　2 こうくう　　　　3 くうごう　　　　4 こうぐう

6　らいしゅうまでに　てがみを　送って　ください。

1　かえって　　　　2　つかって　　　　3　とおって　　　　4　おくって

7　すずきさんは　野菜が　きらいだそうです。

1　やせい　　　　　2　やさい　　　　　3　のせい　　　　　4　のさい

8　らいねんの　計画を　たてて　います。

1　とうかく　　　　2　とうが　　　　　3　けいかく　　　　4　けいが

9　ちいさい　こどもが　いそいで　走って　きました。

1　はしって　　　　2　かよって　　　　3　わたって　　　　4　のぼって

もんだい2 ＿＿＿＿＿の　ことばは　どう　かきますか。1・2・3・4から
いちばん　いい　ものを　ひとつ　えらんで　ください。

(例) ふねで　にもつを　おくります。

1　近ります　　　2　逆ります　　　3　辺ります　　　4　送ります

（かいとうようし） | (例) | ① ② ③ ● |

---

10 この　まちは　とても　うつくしいです。

1　市　　　　　　2　町　　　　　　3　村　　　　　　4　区

11 その　バナナを　はんぶん　ください。

1　北分　　　　　2　半分　　　　　3　八分　　　　　4　判分

12 あなたの　名前を　おしえて　ください。

1　教えて　　　　2　授えて　　　　3　習えて　　　　4　学えて

13 せんしゅうは　おとうとと　2時間　およぎました。

1　泳ぎました　　2　永ぎました　　3　水ぎました　　4　冰ぎました

14 ズボンが　きたないので　あらいました。

1　汚いました　　2　池いました　　3　泡いました　　4　洗いました

15 お母さんは　まいあさ　ぎゅうにゅうを　のんで　います。

1　今朝　　　　　2　毎朝　　　　　3　明朝　　　　　4　早朝

もんだい3　（　　　　）に　なにを　いれますか。1・2・3・4から　いちばん
　　　いい　ものを　ひとつ　えらんで　ください。

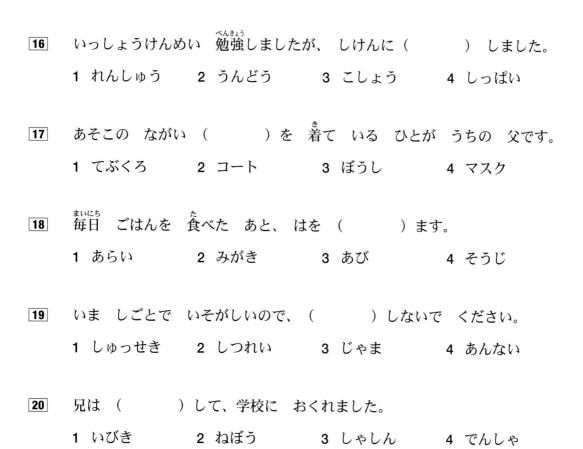

（例）　スーパーで　もらった（　　　　）を　見ると、何を　買ったか　わかります。

　　　1　レジ　　　　　　　2　レシート　　　　　3　おつり　　　　　　4　さいふ

　　　（かいとうようし）　　（例）　①　●　③　④

16　いっしょうけんめい　勉強しましたが、　しけんに（　　　　）　しました。

　　　1　れんしゅう　　　2　うんどう　　　　　3　こしょう　　　　　4　しっぱい

17　あそこの　ながい（　　　　）を　着て　いる　ひとが　うちの　父です。

　　　1　てぶくろ　　　　2　コート　　　　　　3　ぼうし　　　　　　4　マスク

18　毎日　ごはんを　食べた　あと、　はを　（　　　　）ます。

　　　1　あらい　　　　　2　みがき　　　　　　3　あび　　　　　　　4　そうじ

19　いま　しごとで　いそがしいので、（　　　　）しないで　ください。

　　　1　しゅっせき　　　2　しつれい　　　　　3　じゃま　　　　　　4　あんない

20　兄は　（　　　　）して、学校に　おくれました。

　　　1　いびき　　　　　2　ねぼう　　　　　　3　しゃしん　　　　　4　でんしゃ

21 ともだちに プレゼントして もらった ハンカチが （　　　　）。

1 おちません　　　　　　　　　2 もてません

3 かいません　　　　　　　　　4 みつかりません

22 こどもが あたらしい （　　　　）を こわして しまいました。

1 やくそく　　　2 おもちゃ　　　3 ほん　　　　4 いえ

23 よごれた ふくは ぜんぶ 赤い はこの 中に （　　　　）あります。

1 かざって　　　2 いれて　　　3 はって　　　4 はいって

24 次のバス停で 降りるので ボタンを （　　　　）バスが とまるのを
まちました。

1 さして　　　2 おして　　　3 あけて　　　4 うけて

25 この 町は みちが とても （　　　　）で、住みにくいです。

1 しんぱい　　　2 あんぜん　　　3 ふくざつ　　　4 ひつよう

もんだい4 　＿＿＿＿の　ぶんと　だいたい　おなじ　いみの　ぶんが　あります。1
・2・3・4から　いちばん　いい　ものを　ひとつ　えらんで　ください。

(例) でんしゃの　中で　さわがないで　ください。

1 でんしゃの　中で　ものを　たべないで　ください。

2 でんしゃの　中で　うるさく　しないで　ください。

3 でんしゃの　中で　たばこを　すわないで　ください。

4 でんしゃの　中で　きたなく　しないで　ください。

(かいとうようし) | (例) | ① | ● | ③ | ④ |

---

26 吉田さんは　まいにち　あかい　ぼうしを　かぶります。

1 吉田さんは　いつも　ぼうしを　かぶります。

2 吉田さんは　すこし　ぼうしを　かぶります。

3 吉田さんは　ちょっと　ぼうしを　かぶります。

4 吉田さんは　ときどき　ぼうしを　かぶります。

27 先生に　ほめられました。

1 先生に「単語テストは　よく　できましたね。」と　言われました。

2 先生に「この　しりょうを　おねがいします。」と　言われました。

3 先生に「それは　いけませんね。」と　言われました。

4 先生に「それは　どうなりましたか。」と　言われました。

[28] 山本さんは　とくいな　りょうりは　なんですか。

1 山本さんが　つくってみたい　りょうりは　なんですか。

2 山本さんが　たべたい　りょうりは　なんですか。

3 山本さんが　いちばん　すきな　りょうりは　なんですか。

4 山本さんが　じょうずに　できる　りょうりは　なんですか。

[29] あの　レストランは　いつも　ひまそうです。

1 あのレストランは　いつも　てんいんが　いそがしいです。

2 あのレストランは　いつも　きゃくが　おおいです。

3 あのレストランは　いつも　きゃくが　いません。

4 あのレストランは　いつも　てんいんが　しんせつです。

[30] あした　かいものに　行くのは　むりです。

1 あした　かいものに　行きたいです。

2 あした　かいものに　行っては　いけません。

3 あした　かいものに　行く　つもりです。

4 あした　かいものに　行けません。

もんだい5　　つぎの　ことばの　つかいかたで　いちばん　いい　ものを
　　　　　　　1・2・3・4から　ひとつ　えらんで　ください。

（例）　すてる

　1　へやを　ぜんぶ　すてて　ください。

　2　ひどい　ことを　するのは　すてて　ください。

　3　ここに　いらない　ものを　すてて　ください。

　4　学校の　本を　かばんに　すてて　ください。

　（かいとうようし）　│（例）　　①　②　●　④　│

31　おおぜい

　1　東京では　おおぜいな　ものが　つくられて　います。

　2　東京では　おおぜいの　ひとが　せいかつして　います。

　3　東京では　バスや　でんしゃが　おおぜい　はしって　います。

　4　東京では　せかいの　おおぜいの　ものを　買う　ことが　できます。

32　おれい

　1　先生に　プレゼントを　いただいたので、おれいを　言いました。

　2　本田さんに　にゅうがくの　おれいを　あげました

　3　ともだちに　おれいが　あって　たのみました。

　4　先生が　にゅういんなさったので、おれいを　もって　行きました。

33 にぎやかだ

1 東京では ひとたちが にぎやかに あるいて います。

2 この のりものは にぎやかで こどもは つかえません。

3 こどもの こえが にぎやかなので しずかにして ください。

4 うちには ちいさい こどもが いて、いつも にぎやかです。

34 びっくりする

1 今日の てんきは とても びっくりして います。

2 この しゃしんを みると こどもの ときが びっくりします。

3 しらない たんごを じしょで しらべて やっと びっくりしました。

4 ともだちからの きゅうな れんらくで びっくりしました。

35 かざる

1 店の 中に あかるい おんがくが かざって います。

2 きれいな はなを たなの うえに かざります。

3 授業の 知らせを 教室の かべに かざります。

4 よる おそく ともだちに でんわを かざりました。

N4

言語知識（文法）・読解
（60分）

注　意
Notes

1. 試験が始まるまで、この問題用紙を開けないでください。
   Do not open this question booklet until the test begins.

2. この問題用紙を持って帰ることはできません。
   Do not take this question booklet with you after the test.

3. 受験番号と名前を下の欄に、受験票と同じように書いて
   ください。
   Write your examinee registration number and name clearly in each box below as written on your test voucher.

4. この問題用紙は、全部で15ページあります
   This question booklet has 15 pages.

5. 問題には解答番号の 1 、 2 、 3 …があります。
   解答は、解答用紙にあるおなじ番号のところにマークしてください。
   One of the row numbers 1 , 2 , 3 … is given for each question. Mark your answer in the same row of the answer sheet.

受験番号 Examinee Registration Number	

名前 Name	

もんだい1　（　　　）に　何を　入れますか。1・2・3・4から　いちばん
　　　　　いい　ものを　一つ　えらんで　ください。

(例)　わたしは　毎朝　新聞（　　　）読みます。

1　が　　　　　　　2　の　　　　　　　3　を　　　　　　4　で

（解答用紙）　| **(例)** | ① ② ● ④ |

1　あと　5分（　　　）　映画が　はじまります。

1　に　　　　　　　2　で　　　　　　　3　から　　　　　4　まで

2　今日　食べた　クッキーが　とても　おいしかったので、弟（　　　）
食べさせたいと　思いました。

1　へ　　　　　　　2　にも　　　　　　3　でも　　　　　4　が

3　母（　　　）作った　ケーキは　あまくて　おいしいです。

1　が　　　　　　　2　を　　　　　　　3　で　　　　　　4　へ

4　できるか　（　　　）　わかりませんが、いっしょうけんめい　やります。

1　ないか　　　　　2　どんなか　　　　3　どうか　　　　4　なにか

5　鈴木「わたし（　　　）　できる　ことが　あったら　教えて　ください。」
本田「はい、ありがとうございます。」

1　の　　　　　　　2　に　　　　　　　3　へ　　　　　　4　と

6 今朝 さんぽの （　　　） で あやさんに 会いました。

1　なか　　　　　　2　ところ　　　　　　3　うえ　　　　　　4　途中

7 ひっこした 家は 学校 （　　　　） それほど 遠く ありません。

1　しか　　　　　　2　へ　　　　　　3　から　　　　　　4　を

8 東京ゆきの バスが （　　　　） 来ますので、それに 乗って ください。

1　ずっと　　　　　　2　いつか　　　　　　3　なかなか　　　　　　4　もうすぐ

9 A「あたらしく できた 花屋さん 行きましたか？」

B「あ、（　　　　） ですね。先週、行きました。」

1　そう　　　　　　2　ああ　　　　　　3　あそこ　　　　　　4　そこ

10 その 日の 予定を 見て、パーティーに 行くか （　　　　） 決めます。

1　行かない　　　　　　　　　　2　行かなくて

3　行かないか　　　　　　　　　4　行かないが

11 学生「先生、話したいことが ありますが、いま、時間がありますか。」

先生「あ、いまから （　　　　） ところです。あしたは どうですか。」

1　でかける　　　　　　　　　　2　でかけて いる

3　でかけた　　　　　　　　　　4　でかけて いた

12 山田さんが 辞書と ノートを 忘れて きたので、わたしのを 貸して

（　　　　）。

1　あげました　　　　　　　　　2　もらいました

3　くれました　　　　　　　　　4　しました

13 A「あしたの　試験[しけん]には　辞書[じしょ]を　持って　（　　　　）。」

B「はい、必要[ひつよう]ですから、必ず[かなら]　持って　きて　ください。」

1　きても　だめですか　　　　　　　2　こないと　いけないですか

3　こない　ほうが　いいですか　　　4　きては　いけないですか

14 A「店長[てんちょう]、今朝[けさ]から　ねつが　あって、きょうは　早く[はや]　（　　　　）。」

B「そうですか。きょうは　田中くんが　くるので　帰って[かえ]も　いいです。」

1　帰り[かえ]ましょうか　　　　　　2　帰った[かえ]　つもりです

3　帰り[かえ]たいです　　　　　　　4　帰って[かえ]　もらえますか

15 わたしの　本棚[ほんだな]には　（　　　　）　読んで　いない　本[ほん]が　たくさん　あります。

1　買う　あいだ　　　　　　　　　　2　買ったまま

3　買いそうで　　　　　　　　　　　4　買って　くる

もんだい2 　＿＿＿★＿＿＿　に　入る　ものは　どれですか。1・2・3・4から
　　　　いちばん　いい　ものを　一つ　えらんで　ください。

___

（問題例）

　つくえの　＿＿＿　＿＿＿　＿★＿　＿＿＿　あります。

　1　が　　　　　2　に　　　　　3　上　　　　　4　ペン

（答え方）

1. 正しい　文を　作ります。

つくえの　＿＿＿　＿＿＿　＿★＿　＿＿＿　あります。 　　　　　3　上　　2　に　　4　ペン　　1　が

2. ＿★＿　に　入る　番号を　黒く　塗ります。

（解答用紙）　| (例) | ① ② ③ ● |

___

16　パソコン　＿＿＿　＿＿＿　＿★＿　＿＿＿　ください。

　　1　して　　　　　　2　なんでも　　　3　なら　　　　　4　相談

17　学校に　＿＿＿　＿＿＿　＿★＿　＿＿＿　気が　つきました。

　　1　忘れて　きた　　　　　　　　　2　ことに

　　3　ついて　から　　　　　　　　　4　宿題を

18 A「お昼を　食べに　行きませんか。」

　　 B「すみません、きょうは　＿＿＿　＿＿＿　★　＿＿＿。」

　　 1　さきに　　　　　2　あって　　　　　3　ねつが　　　　　4　帰ります

19 A「すしは　食べられますか。」

　　 B「実は　小さい　時　＿＿＿　＿＿＿　★　＿＿＿　食べられません。」

　　 1　だけ　　　　　　2　は　　　　　　　3　さかな　　　　　4　から

20 きのう　母に　何回も　＿＿＿　＿＿＿　★　＿＿＿　くれませんでした。

　　 1　電話を　　　　　2　でて　　　　　　3　かけた　　　　　4　のに

もんだい3　　21　から　25　に　何を　入れますか。文章の　意味を　考えて、

1・2・3・4から　いちばん　いい　ものを　一つ　えらんで　ください。

下の　文章は　「友だち」に　ついての　作文です。

「山口さんの　家の　パーティー」

キム

　　わたしと　山口さんは　大学の　とき　21　ずっと　友だちです。山口さんは　駅の　中に　ある　旅行会社で　はたらいて　います。彼の　しごとは　とても　いそがしくて　平日は　なかなか　会う　ことが　できません。22　わたしたちは　1か月に　1回、週末に　パーティーを　ひらきます。大学の　友だちや　会社の　人などが　あつまります。場所は　山口さんの　家で、駅から　歩いて　5分くらいの　ところです。大きい　家で　広い　にわが　あって、23　には　小さい　いけも　あります。

　　パーティーに　来る　人は　みんな　ワインや　ケーキなどを　持って　来ますが、わたしは　いつも　CDと　花を　24　。音楽と　きれいな　花で、もっと　パーティーが　楽しく　なると　思うからです。パーティーに　来る　人は　よく　知って　いる　友だちも、はじめて　会う　人も　います。この　パーティーで　おおくの　友だちが　できて　とても　うれしいです。わたしは　国に　帰ったら　この　パーティーの　ことを　家族にも　25　。

21

   1　から　　　　　2　は　　　　　3　に　　　　　4　の

22

   1　しかし　　　　2　たとえば　　　3　それで　　　　4　すると

23

   1　あんな　　　　2　そこ　　　　　3　これ　　　　　4　あの

24

   1　持って　います　　　　　　　　2　持って　きます
   3　持って　あげます　　　　　　　4　持って　いきます

25

   1　話したいと　思って　います　　　2　話すかも　しれません
   3　話したく　なります　　　　　　4　話す　つもりだそうです

もんだい4　つぎの（1）から（4）の文章を読んで、質問に答えてください。答えは、

1・2・3・4から、いちばんいいものを一つえらんでください。

（1）

これは、ピアノの先生からのお知らせです。

ピアノ発表会のお知らせ

高橋ピアノ教室では、来月、ピアノの発表会をします。

発表会に参加したい人は、まず、先生と相談して、何をひくかを決めます。

発表会の1週間前にテストをします。

合格した人は発表会にでることができますので、

みなさん、一生けんめい練習してください。

参加には12000円が必要です。

26　ピアノの発表会に出たい人はまず、どうしますか。

1　お金を　はらいます。

2　先生と　相談します。

3　テストを　受けます。

4　一生けんめい　練習します。

（2）

これは、ヤンさんから届（とど）いた手紙です。

田中さんへ

おひさしぶりですね。もうすぐ日本に行くので、わくわくしています。

毎日学校で日本語の勉強をしていますが、難しくてうまく話せません。日本に行ったら、日本料理（りょうり）の店で働（はたら）く予定です。お店は大阪（おおさか）にあります。

田中さんも食べに来てください。田中さんと会えるのを楽しみにしています。

ヤン

27　ヤンさんは日本で何をしますか。

　　1　日本語の学校に行きます。

　　2　料理（りょうり）の学校に行きます。

　　3　仕事（しごと）をします。

　　4　旅行（りょこう）をします。

（3）

　きのうは雨が降りました。わたしはみんなとプールに行く約束をしていましたが、ほかの日に行くことにして、家で一人で映画を見ました。昔の古い映画です。みんなと楽しく遊ぶのもいいですが、たまには、家でゆっくりするのもいいと思いました。天気予報によるとあしたは晴れるそうなので、ショッピングに行こうと思っています。

[28]　「わたし」はきのう、何をしましたか。

1　プールに行きました。

2　映画を見ました。

3　みんなと遊びました。

4　ショッピングに行きました。

（4）

　わたしの家の隣には大きい公園があります。いつもこどもたちが遊ぶ大きい声が聞こえます。こどもたちの声がうるさいという人もいますが、わたしは元気でいいと思います。この公園ではボールを使ってはいけないのですが、ボール遊びをするこどもたちがときどきいて、よくわたしの家の窓に当たるので困っています。夜はとても静かで、犬の散歩をする人や運動をする人がいます。

29　公園でしてはいけないことは何ですか。

　1　大きい声を出してはいけません。

　2　ボールで遊んではいけません。

　3　夜に公園に入ってはいけません。

　4　犬の散歩をしてはいけません。

もんだい５　つぎの文章を読んで、質問に答えてください。答えは１・２・３・４から、いちばんいいものを一つえらんでください。

　わたしは今、はたちで、妹はわたしより１つ下です。年が近いのでとても仲がよく、よくいろいろなことを一緒にします。美術館に行ったり、カフェに行ってケーキを食べたりします。

　わたしも妹もスポーツが好きです。妹は２年前からずっとスポーツジムに通っています。いつも「お姉ちゃんも一緒に行こうよ。」と言いますが、わたしは通っていません。妹はまだ車の運転ができないので、スポーツジムへは自転車に乗って行っています。

　先週は母の誕生日でした。わたしと妹はデパートにプレゼントを買いに行きました。わたしはフライパンにしようと言いましたが、妹が体にいいお茶にしようと言ったので、それを買いました。母は毎日掃除をしたり、ご飯を作ったりして忙しいので、健康に気をつけてほしいと思ったからです。そして、妹と二人で夕食を作りました。妹がサラダを作って、わたしがステーキを作りました。母はとても喜んで、「①こんな誕生日ははじめて。」と言いました。わたしも妹もうれしかったです。

　夕食のあとに、プレゼントしたお茶をみんなで飲みました。妹とわたしは「来年もまたやろうね」と約束しました。

30 妹とどんなことを一緒にしますか。

1 美術館に行きます。

2 スポーツジムに行きます。

3 自転車に乗ります。

4 映画を見ます。

31 母の誕生日にしなかったことはどれですか。

1 お茶を飲みました。

2 お茶をプレゼントました。

3 晩ご飯を作りました。

4 昼ご飯を作りました。

32 ①こんな誕生日とありますが、どんな誕生日ですか。

1 友だちと一緒のにぎやかな誕生日

2 レストランでおいしいご飯を食べる誕生日

3 ほしいプレゼントを買いに行く誕生日

4 娘がお祝いしてくれる誕生日

33 この文章と合っていないものはどれですか。

1 妹は19さいです。

2 「わたし」と妹は運動が好きです。

3 妹は来年の誕生日にお茶がほしいです。

4 母の誕生日は先週でした。

もんだい6　　つぎのページを見て、下の質問に答えてください。答えは、1・2・3・4

　　　　　から、いちばんいいものを一つえらんでください。

34 バレエを習（なら）う高校生は月（つき）にいくら払（はら）いますか。

1　4000円（えん）

2　5000円（えん）

3　6000円（えん）

4　無料（むりょう）

35 中級（ちゅうきゅう）クラスでダンスを習（なら）う小学生はどうしますか。

1　17時までに第（だい）1スタジオに行きます

2　16時までに第（だい）1スタジオに行きます。

3　17時までに第（だい）2スタジオに行きます。

4　16時までに第（だい）2スタジオに行きます。

ダンス・バレエ教室オープン！

駅前にダンス・バレエ教室がオープンしました。
1月4日からスタートします。
ダンスやバレエに興味(きょうみ)がある人も、ない人も、一度(いちど)見に来てください。

	月	火	水	木
小学生	ダンスA 16:00〜17:00	バレエA 16:30〜17:30	ダンスB 17:00〜18:00	バレエB 16:30〜17:30
中学生	ダンスA 17:00〜18:00	バレエA 18:00〜19:00	ダンスB 18:00〜19:00	バレエB 17:30〜18:30
大人	バレエA 18:30〜19:30	ダンスA 18:00〜19:00	ダンスB 18:00〜19:00	バレエB 18:30〜19:30

費用

小学生	ダンス	4000円／月(つき)
小学生	バレエ	5000円／月(つき)
中学生	ダンス	5000円／月(つき)
中学生	バレエ	6000円／月(つき)
大人	ダンス	5000円／月(つき)
大人	バレエ	6000円／月(つき)

■ Aは初級(しょきゅう)、Bは中級(ちゅうきゅう)のクラスです。
■ はじめての人は1か月間(げっかん)、無料(むりょう)です。
■ 中学生以上(いじょう)は大人料金(りょうきん)となります。
■ バレエは第(だい)1スタジオ、ダンスは第(だい)2スタジオで行(おこな)います。
　（※水(すい)よう日(び)の中学生のダンスは、第(だい)1スタジオです。）

N4

聴解
（35分）

注意
Notes

1. 試験が始まるまで、この問題用紙を開けないでください。
   Do not open this question booklet until the test begins.

2. この問題用紙を持って帰ることはできません。
   Do not take this question booklet with you after the test.

3. 受験番号と名前を下の欄に、受験票と同じように書いて
   ください。
   Write your examinee registration number and name clearly in each box below as written on your test voucher.

4. この問題用紙は、全部で15ページあります。
   This question booklet has 15 pages.

5. この問題用紙にメモをとってもいいです。
   You may make notes in this question booklet.

受験番号 Examinee Registration Number	

名前 Name	

もんだい1

　もんだい1では、まず　しつもんを　聞いて　ください。それから　話を　聞いて、もんだいようしの　1から4の　中から、いちばん　いい　ものを　一つ　えらんで　ください。

れい

1　ぎゅうにゅう　1本だけ

2　ぎゅうにゅう　1本と　チーズ

3　ぎゅうにゅう　2本だけ

4　ぎゅうにゅう　2本と　チーズ

1 ばん

1 8月2日から　4日まで

2 8月2日から　5日まで

3 8月20日から　24日まで

4 8月20日から　28日まで

2 ばん

1 がっこうに　いく

2 しゅくだいを　する

3 ピアノを　ひく

4 となりの　うちに　いく

3ばん

120

1 かさ

2 かばん

3 ふうとう

4 くすり

4ばん

121

1 ながい　コートに　マフラー

2 ながい　コートに　ぼうし

3 みじかい　コートに　ぼうし

4 みじかい　コートに　マフラー

5ばん

🎧 122

1 Ａ社

2 ぎんこう

3 しょくどう

4 かいぎしつ

6ばん

🎧 123

1 よしださん

2 よしださんの　むすめ

3 よしださんの　むすこ

4 よしださんの　おっと

7ばん

124

8ばん

125

もんだい２　

　　もんだい２では、まず　しつもんを　聞_きいて　ください。そのあと、もんだいようし を　見_みて　ください。読_よむ　時間_{じかん}が　あります。それから　話_{はなし}を　聞_きいて、もんだいよ うしの　１から４の　中_{なか}から、いちばん　いい　ものを　一_{ひと}つ　えらんで　ください。

れい

1　へやが　せまいから

2　ばしょが　ふべんだから

3　たてものが　古_{ふる}いから

4　きんじょに　ともだちが　いないから

1ばん

127

1　ホテルの　しごと

2　びょういんの　しごと

3　じむの　しごと

4　りょうりの　しごと

2ばん

128

1　くるまの　ほん

2　どうぶつの　ほん

3　さかなの　ほん

4　じしょ

3ばん

1 13にち

2 16にち

3 17にち

4 18にち

4ばん

1 はれ

2 あめ

3 ゆき

4 くもり

5ばん 🎧131

1 あさ

2 ひる

3 ゆうがた

4 よる

6ばん 🎧132

1 じゅぎょうを　うける

2 ほんを　さがす

3 レポートを　かく

4 サークルの　れんしゅうを　する

7 ばん

1 あおの 大^{おお}きな バッグ

2 くろの 大^{おお}きな バッグ

3 あおの 小^{ちい}さな バッグ

4 くろの 小^{ちい}さな バッグ

もんだい 3

🎧134

　もんだい 3 では、えを　見ながら　しつもんを　聞いて　ください。➡（やじるし）の　人は　何と　言いますか。１から３の　中から、いちばん　いい　ものを　一つえらんで　ください。

れい

1 ばん

2 ばん

3 ばん

137

4 ばん

138

5 ばん

もんだい４

🎧140 ～ 🎧148

　もんだい４では、えなどが　ありません。まず　ぶんを　聞いて　ください。
それから、そのへんじを　聞いて、１から３の　中から、いちばん　いい　ものを
一つ　えらんで　ください。

－ メモ －

JLPT

N4

實戰模擬考題　第3回

實戰模擬測驗計分卡

計分卡可以用來確認自己的實力落在什麼樣的程度。

實際測驗時，因為是採取相對評分的方式，故可能產生誤差。

言語知識（文字・語彙・文法）・讀解

			配分	滿分	答對題數	分數
文字・語彙	問題 1		1 分 9 題	9		
	問題 2		1 分 6 題	6		
	問題 3		1 分 10 題	10		
	問題 4		1 分 5 題	5		
	問題 5		1 分 5 題	5		
文法	問題 1		1 分 15 題	15		
	問題 2		1 分 5 題	5		
	問題 3		1 分 5 題	5		
讀解	問題 4		6 分 4 題	24		
	問題 5		6 分 4 題	24		
	問題 6		6 分 2 題	12		
合計				120 分		

聽解

			配分	滿分	答對題數	分數
文字・語彙	問題 1		2 分 8 題	16		
	問題 2		2 分 7 題	14		
	問題 3		2 分 5 題	10		
	問題 4		2 分 8 題	16		
合計				56 分		

※ 得分計算：聽解 [ ] 分 ÷56×60 = [ ] 分

N4

げんごちしき (もじ・ごい)

(30ぷん)

ちゅうい
Notes

1. しけんが　はじまるまで、この　もんだいようしを　あけないで　ください。
   Do not open this question booklet until the test begins.

2. この　もんだいようしを　もって　かえる　ことは　できません。
   Do not take this question booklet with you after the test.

3. じゅけんばんごうと　なまえを　したの　らんに、じゅけんひょうと
   おなじように　かいて　ください。
   Write your examinee registration number and name clearly in each box below as written on your test voucher.

4. この　もんだいようしは　ぜんぶで　9ページ　あります。
   This question booklet has 9 pages.

5. もんだいには　かいとうばんごうの　1 、 2 、 3 …が　あります。
   かいとうは、かいとうようしに　ある　おなじ　ばんごうの　ところに
   マーク　して　ください。
   One of the row numbers 1 , 2 , 3 … is given for each question. Mark your answer in the same row of the answer sheet.

じゅけんばんごう　Examinee Registration Number	

なまえ　Name	

もんだい1　＿＿＿の　ことばは　ひらがなで　どう　かきますか。1・2・3・4から　いちばん　いい　ものを　ひとつ　えらんで　ください。

（例）　わたしの　せんもんは　文学です。

1　いがく　　　　2　かがく　　　　3　ぶんがく　　　　4　すうがく

（かいとうようし）　　| (例) | ① ② ● ④ |

1　今度の　なつやすみは　うみに　いきたいです。

1　まいど　　　　2　なんど　　　　3　さんど　　　　4　こんど

2　ちかくに　工場が　おおく　できました。

1　こんじょ　　　2　こんじょう　　3　こうじょ　　　4　こうじょう

3　先生の　でんわ　ばんごうを　知って　いますか。

1　しって　　　　2　いって　　　　3　わかって　　　4　もらって

4　あの　品物が　ひつような　ひとは　はなして　ください。

1　しなぶつ　　　2　しなもの　　　3　ひんぶつ　　　4　ひんもの

5　きのう　かわいい　あかちゃんが　生まれました。

1　うまれました　　　　　　　　2　ふまれました

3　あまれました　　　　　　　　4　ほまれました

6 やっと　さむい　冬が　おわりました。

1 なつ　　　　　　2 はる　　　　　　3 あき　　　　　　4 ふゆ

7 きむらさんは　うちの　近所に　すんで　います。

1 きんしょ　　　2 きんじょ　　　3 きんしょう　　4 きんじょう

8 わたしは　かぞくの　写真を　とるのが　すきです。

1 さしん　　　　2 さっしん　　　3 しゃしん　　　4 しゃっしん

9 みなさん、せきから　立って　ください。

1 あって　　　　2 きって　　　　3 たって　　　　4 とって

もんだい2 ＿＿＿＿の ことばは どう かきますか。1・2・3・4から
いちばん いい ものを ひとつ えらんで ください。

（例） ふねで にもつを おくります。

1 近ります 　　2 逆ります 　　3 辺ります 　　4 送ります

（かいとうようし）　| (例) | ① ② ③ ● |

---

10 あの おとこの ひとが たなか先生です。

1 兄 　　　2 別 　　　3 見 　　　4 男

11 ごはんを たべた あと、おちゃを のみましょう。

1 お芋 　　　2 お茶 　　　3 お草 　　　4 お薬

12 かえるとき、ぎゅうにくを かって きて ください。

1 牛内 　　　2 午内 　　　3 牛肉 　　　4 午肉

13 家の 前に あたらしい こうえんが できました。

1 公園 　　　2 公院 　　　3 公苑 　　　4 公演

14 さいふから おかねを だします。

1 外し 　　　2 上し 　　　3 出し 　　　4 立し

15 ここに じゅうしょと なまえを 書いて ください。

1 任所 　　　2 住所 　　　3 狂所 　　　4 往所

もんだい3　（　　　　）に　なにを　いれますか。1・2・3・4から　いちばん
　　　　　いい　ものを　ひとつ　えらんで　ください。

(例) スーパーで　もらった　（　　　　）を　見ると、何を　買ったか　わかります。

1　レジ　　　　　　　2　レシート　　　　　3　おつり　　　　　4　さいふ

（かいとうようし）　| (例) | ①　● ③　④ |

---

16 だれが　いちばん　さきに　つくか、みんなで　（　　　　）しませんか。

1　きゅうこう　　2　しょうたい　　3　しゅうかん　　4　きょうそう

17 あの　あおい　うわぎの　（　　　　）の　中に　かぎが　はいって　います。

1　カレンダー　　2　ノート　　　　3　ポケット　　　4　ドア

18 なつやすみに　なったら、かぞくが　来る　（　　　　）なので、たのしみに
して　います。

1　あんない　　　2　せつめい　　　3　しょうたい　　4　よてい

19 この　しりょうを　日本語に　（　　　　）して　ください。

1　ゆしゅつ　　　2　ほうそう　　　3　ぼうえき　　　4　ほんやく

20 （　　　　）は　じぶんで　するよりも　みるほうが　すきです。

1　スポーツ　　　2　ガラス　　　　3　アルバイト　　4　スイッチ

21　きょうは　もう　おそいから、（　　　　）　かえりませんか。

1　ときどき　　　　2　だんだん　　　　3　そろそろ　　　　4　とうとう

22　さいきんは　だいがくを　（　　　　）　しごとが　みつかりません。

1　はいっても　　　2　いれっても　　　3　だしても　　　4　でても

23　すみません、その　窓ガラスは　わたしが　（　　　　）　しまいました。

1　こわして　　　　2　わって　　　　　3　おって　　　　4　なおして

24　かんじが　わからない　ときは、じしょを　（　　　　）　ください。

1　かんがえて　　　2　さして　　　　　3　ひいて　　　　4　みつけて

25　今日は　風が　とても　（　　　　）　どこも　行けません。

1　よわくて　　　　2　おおきくて　　　3　おそくて　　　　4　つよくて

もんだい4 ＿＿＿＿＿の ぶんと だいたい おなじ いみの ぶんが あります。1
　　　　・2・3・4から いちばん いい ものを ひとつ えらんで ください。

（例）　でんしゃの 中で さわがないで ください。

　　1　でんしゃの 中で ものを たべないで ください。

　　2　でんしゃの 中で うるさく しないで ください。

　　3　でんしゃの 中で たばこを すわないで ください。

　　4　でんしゃの 中で きたなく しないで ください。

　　（かいとうようし）　

26　すずきさんは 来年 きこくします。

　　1　すずきさんは 来年 家に かえります。

　　2　すずきさんは 来年 会社に かえります。

　　3　すずきさんは 来年 国へ かえります。

　　4　すずきさんは 来年 学校に かえります。

27　デパートが とても こんで います。

　　1　デパートには 人が たくさん います。

　　2　デパートには 人が あまり いません。

　　3　デパートには しょうひんが たくさん あります。

　　4　デパートには しょうひんが あまり ありません。

28 ぼうしが　よごれて　います。

1　この　ぼうしは　きれいです。

2　この　ぼうしは　きたないです。

3　この　ぼうしは　しんせんです。

4　この　ぼうしは　おおきいです。

29 学校に　行く　まえに　ゆうびんきょくに　行きました。

1　学校に　行く　まえに　てがみを　だしました。

2　学校に　行く　まえに　レポートを　だしました。

3　学校に　行く　まえに　しゅうりに　だしました。

4　学校に　行く　まえに　せんたくものを　だしました。

30 いっしょうけんめい　たんごを　べんきょうしました。

1　たんごを　てきとうに　おぼえて　います。

2　たんごを　ねっしんに　おぼえて　います。

3　たんごを　ゆっくり　おぼえて　います。

4　たんごを　はっきり　おぼえて　います。

もんだい5　つぎの　ことばの　つかいかたで　いちばん　いい　ものを　1・2・3・4から　ひとつ　えらんで　ください。

(例) すてる

1　へやを　ぜんぶ　<u>すてて</u>　ください。

2　ひどい　ことを　するのは　<u>すてて</u>　ください。

3　ここに　いらない　ものを　<u>すてて</u>　ください。

4　学校の　本を　かばんに　<u>すてて</u>　ください。

（かいとうようし）　| (例) | ① | ② | ● | ④ |

31　しかる

1　しけんに　ごうかく　して　先生に　<u>しかられました</u>。

2　けさ、ねぼうを　して　母に　<u>しかられました</u>。

3　はこには　こわれやすいものが　あるので　<u>しかって</u>　ください。

4　友だちの　かおいろが　わるくて　<u>しかりました</u>。

32　よろこぶ

1　先生に　会えるので、わたしは　とても　<u>よろこびます</u>。

2　プレゼントを　もらって、いもうとは　とても　<u>よろこんで</u>　います。

3　この　ハイキングは　ほんとうに　<u>よろこんで</u>　いますね。

4　友だちの　家で　<u>よろこぶ</u>　じかんを　すごしました。

33 あびる

　1 あついので　シャワーを　あびて　います。

　2 この　さかなは　よく　あびてから　たべて　ください。

　3 おゆを　あびて　コーヒーを　のみましょう。

　4 きょうは　さむいので　ストーブを　あびて　ください。

34 ひどい

　1 うみの　みずが　ひどく　ながれて　います。

　2 びょうきが　ひどく　なったので　びょういんに　行きました。

　3 学生は　ひどく　日本語の　れんしゅうを　しました。

　4 こんしゅうは　やすみなので　ひどく　ねます。

35 おどろく

　1 いもうとには　おどろいて　いる　車が　あります。

　2 ぶっかが　おどろいて　しょくひんの　ねだんが　高く　なりました。

　3 こんしゅうは　そらが　おどろいて　雨が　ふるそうです。

　4 家の　前に　大きい　いぬが　いたので、　おどろいて　しまいました。

N4

言語知識（文法）・読解

（60分）

注　意
Notes

1. 試験が始まるまで、この問題用紙を開けないでください。
   Do not open this question booklet until the test begins.

2. この問題用紙を持って帰ることはできません。
   Do not take this question booklet with you after the test.

3. 受験番号と名前を下の欄に、受験票と同じように書いて
   ください。
   Write your examinee registration number and name clearly in each box below as written on your test voucher.

4. この問題用紙は、全部で15ページあります
   This question booklet has 15 pages.

5. 問題には解答番号の 1 、 2 、 3 …があります。
   解答は、解答用紙にあるおなじ番号のところにマークしてください。
   One of the row numbers 1, 2, 3 … is given for each question. Mark your answer in the same row of the answer sheet.

受験番号　Examinee Registration Number	

名前　Name	

もんだい1　（　　　　）に　何を　入れますか。1・2・3・4から　いちばん
　　　　　　いい　ものを　一つ　えらんで　ください。

（例）　わたしは　毎朝　新聞　（　　　　）　読みます。

　　　1　が　　　　　　　2　の　　　　　　　3　を　　　　　　　4　で

（解答用紙）　| (例) | ① ② ● ④ |

1　きょうは　いつも（　　　　）　みちを　歩いて　みました。

　　1　がちがう　　　　2　とちがう　　　　3　にちがう　　　　4　もちがう

2　これは、母（　　　　）　わたしに　作って　くれた　ようふくです。

　　1　が　　　　　　　2　は　　　　　　　3　に　　　　　　　4　の

3　セミナーは　まいかい　昼（　　　　）　おわります。

　　1　ごろ　　　　　　2　しか　　　　　　3　から　　　　　　4　ばかり

4　学生に　じゅぎょうの　しりょうを　2枚（　　　　）　くばります。

　　1　と　　　　　　　2　も　　　　　　　3　など　　　　　　4　ずつ

5　くだものの　なかで　（　　　　）　いちごが　すきです。

　　1　さきに　　　　　2　すぐに　　　　　3　とくに　　　　　4　じつに

6 A「さくらは　どんな　色の　花ですか。」

   B「今　わたしが　かぶって　いる　ぼうしの　ような、（　　　　）色の　花
     です。」

   1　あんな　　　　　2　こんな　　　　　3　どの　　　　　4　その

7 この　町に　ひっこして　きて　（　　　　）　10年だ。

   1　まだ　　　　　　2　もう　　　　　　3　すぐ　　　　　4　ずっと

8 父は　ダイアの　ゆびわを　プレゼントして、母を　（　　　　）。

   1　よろこんだ　　　　　　　　　2　よろこべた

   3　よろこばせた　　　　　　　　4　よろこばれた

9 明日の　キャンプに　（　　　　）、来週　日本語の　たんご　テストが　ある
   ので　行けない。

   1　行きたいから　　　　　　　　2　行きたいけど

   3　行きたいし　　　　　　　　　4　行きたくて

10 今日の　ひっこしは　会社の　人が　てつだって　（　　　　）早く　おわりま
   した。

   1　あげて　　　　　2　やって　　　　　3　くれて　　　　　4　もらって

11 A「昼ごはんは　食べましたか。」

   B「いいえ、今日は　しごとが　多くて　まだ　（　　　　）。」

   1　食べて　いません　　　　　　2　食べて　います

   3　食べました　　　　　　　　　4　食べます

12　これから　買い物に　行って、カレーを　（　　　　）と　思（おも）います。

1　作ろう 　　　　　　　　　　　 2　作くる

3　作って　いる 　　　　　　　　 4　作った

13　A「花（はな）がらの　ハンカチは　ありませんか。」

B「花（はな）がらですか。では、こちらは　（　　　　）。」

A「あ、いいですね。」

1　いかがですか 　　　　　　　　 2　どうしてですか

3　いくらですか 　　　　　　　　 4　どうしましたか

14　A「すみません。東京駅（とうきょう）に　行きたいですが、みちを　教えて　ください。」

B「ごめんなさい。今（いま）は　いそがしいので、ほかの　人に　（　　　　）。」

1　聞いて　みたのですが 　　　　 2　聞きたいんですが

3　聞こうと　思いますか 　　　　 4　聞いて　もらえますか

15　この　近くで　あやしい　人（　　　　）　みませんでしたか。

1　が 　　　　　　2　は 　　　　　　3　を 　　　　　　4　に

もんだい2 ＿＿＿★＿＿＿ に 入る ものは どれですか。1・2・3・4から いちばん いい ものを 一つ えらんで ください。

<ruby>問題例<rt>もんだいれい</rt></ruby>（問題例）

つくえの ＿＿＿ ＿＿＿ ★ ＿＿＿ あります。

1 が　　　　2 に　　　　3 上　　　　4 ペン

<ruby>答え方<rt>こた かた</rt></ruby>（答え方）

1. <ruby>正しい<rt>ただ</rt></ruby> <ruby>文<rt>ぶん</rt></ruby>を <ruby>作<rt>つく</rt></ruby>ります。

> つくえの ＿＿＿ ＿＿＿ ★ ＿＿＿ あります。
>
> 3 上　 2 に　 4 ペン　 1 が

2. ★ に <ruby>入る<rt>はい</rt></ruby> <ruby>番号<rt>ばんごう</rt></ruby>を <ruby>黒く<rt>くろ</rt></ruby> <ruby>塗<rt>ぬ</rt></ruby>ります。

<ruby>解答用紙<rt>かいとうようし</rt></ruby>（解答用紙）　<ruby>例<rt>れい</rt></ruby>（例）　① ② ③ ●

N4

第3回

---

16 ホテルまで バスで ＿＿＿ ＿＿＿ ★ ＿＿＿ <ruby>行く<rt></rt></ruby> <ruby>方<rt>ほう</rt></ruby>が いい。

1 で　　　 2 よりも　　　 3 行く　　　 4 <ruby>電車<rt>でんしゃ</rt></ruby>

17 <ruby>両親<rt>りょうしん</rt></ruby>に <ruby>東京<rt>とうきょう</rt></ruby>に ある 大学に ＿＿＿ ＿＿＿ ★ ＿＿＿ 。

1 反対　　　　　　　　2 ことを

3 はいる　　　　　　　4 されました

[18] 学生「先生、＿＿＿＿ ＿＿＿＿ ＿★＿ ＿＿＿＿ ますか。」

先生「これは「たのしい」と　読みます。」

1　読み　　　　　2　漢字は　　　　　3　なんと　　　　4　この

[19] 公園の　近くには　＿＿＿＿ ＿＿＿＿ ＿★＿ ＿＿＿＿ 行きます。

1　ありませんから　　　　　　　2　店が

3　持って　　　　　　　　　　　4　お弁当を

[20] A「どうしたの？　何か　忘れもの？」

B「うん、えんぴつと　消しゴムを　＿＿＿＿ ＿＿＿＿ ＿★＿ ＿＿＿＿？」

1　来たから　　　　2　貸して　　　　3　忘れて　　　　4　くれない

もんだい3　　21　から　25　に　何を　入れますか。文章の　意味を　考えて、

　　　　　　1・2・3・4から　いちばん　いい　ものを　一つ　えらんで　ください。

下の　文章は「ダイエット」に　ついての　作文です。

「ダイエット」

ジョン

　日本に　来て　アルバイトを　はじめてから、夕飯を　食べる　時間が　21。
それで　1年で　10キロ　22　ふとりました。妹が　やせた　ほうが　いい
と　何度も　言いましたが、わたしは　あまり　心配して　いませんでした。

　23　、先週　かぜで　びょういんに　行った　とき、この　ままでは　大き
な　びょうきに　なりますよ、と　医者に　24。その日　以降、駅まで　バス
で　行くのを　やめて　歩くように　して　います。そして　かならず　朝ごは
んを　食べたり、肉より　野菜を　食べたり　して　います。そうしたら　3か
月で　5キロも　やせる　ことが　できました。はやく　わたしの　国に　かえ
って　家族に　みせたいと　25　。

21

1 おそく　なりました

2 おそいかも　しれません

3 おそく　なって　いません

4 おそくありません

22

1 も　　　　　2 は　　　　　3 と　　　　　4 が

23

1 それでも　　　2 そして　　　3 だから　　　4 しかし

24

1 話して　くれました

2 言って　もらいました

3 言われました

4 話して　あげます

25

1 思うようです

2 思って　います

3 思ったそうです

4 思って　いました

もんだい4　つぎの（1）から（4）の文章^{ぶんしょう}を読んで、質問に答えてください。答えは、

1・2・3・4から、いちばんいいものを一つえらんでください。

（1）

これは、マンションの住民^{じゅうみん}へのお知^しらせです。

Aマンション、Bマンションの住民^{じゅうみん}のみなさまへ

10月13日にエレベーターの修理^{しゅうり}をします。

◆Aマンション　10時から11時まで

◆Bマンション　11時から12時まで

・この時間^{じかん}はエレベーターを使用^{しよう}することができません。
　階段^{かいだん}を利用^{りよう}してください。よろしくおねがいします。

26　このお知^しらせから分かることは何ですか。

　1　Aマンションは、12時にエレベーターを使^{つか}うことができません。

　2　Aマンションは、10時までは階段^{かいだん}を使^{つか}います。

　3　10月13日は、一日中エレベーターの使用^{しよう}ができません。

　4　Bマンションは、11時に階段^{かいだん}を使^{つか}わなくてはいけません。

（2）

これは、イザベルさんから佐藤さんに届いたメールです。

佐藤さん

明日の食事の約束ですが、急に用事ができてしまいました。

それで、すみませんが、金よう日に変えてもらえますか。

時間は同じ19時で大丈夫です。

お店は、わたしがキャンセルします。

金よう日の都合はどうですか。メールください。

イザベル

27 佐藤さんは、イザベルさんに何を伝えなければなりませんか。

1 明日の食事に行けるかどうか

2 約束を明日に変えられるかどうか

3 金よう日に昼ご飯を一緒に食べられるかどうか

4 約束を金よう日に変えられるかどうか

（3）

これは、田中さんからルームメイトの木村さんへのメモです。

木村さん

今日から１週間、旅行に行きます。その間、わたしに届いた荷物をよろしく
おねがいします。食べ物がひとつ届きますので、すみませんが、届いたら冷蔵
庫へ入れてください。おみやげを買って来ますね。日曜日に帰ります。

田中

28　田中さんは、木村さんに何をおねがいしましたか。

1　荷物を送ってください。

2　荷物を冷蔵庫に入れてください。

3　おみやげを買ってください。

4　おみやげを冷蔵庫に入れてください。

（4）

　わたしは毎日7時に起きますが、今日は9時に起きました。急いで準備をして家を出たら、ケータイを家に忘れてしまいました。10時に友だちと学校の図書館の前で会うことになっていましたが、学校に着いたら10時半でした。急いで図書館に行くと、友だちは待っていてくれましたが、とても怒っていました。わたしは本当に悪いことをしたと思いました。

29　友だちはどうして怒りましたか。

　　1　「わたし」が9時に起きたからです。

　　2　「わたし」が図書館に行かなかったからです。

　　3　「わたし」が約束の時間に遅れたからです。

　　4　「わたし」が友だちを待たなかったからです。

もんだい5 つぎの文章を読んで、質問に答えてください。答えは1・2・3・4から、いちばんいいものを一つえらんでください。

　わたしは市役所で働いています。わたしの働いている市役所は、去年新しくできたばかりで、とてもきれいです。中にはレストランやパン屋があって便利です。それから、図書館もあって小さい子どもとお母さん、学生など、多くの人が利用しています。

　わたしの仕事は、この町にひっこして来た人や、ほかの町にひっこしをする人の手続きのお手伝いをすることです。毎日、たくさんの人が来ます。きのうは大学生の女の子が「これから、外国に留学するのですが、住所はどうすればいいですか。」と聞きに来ました。

　わたしはいつもできるだけ簡単なことばで話すように気をつけています。むずかしくてあまり理解できない人には、わかるまで何度も説明することもあります。女の子はわたしの話を聞いた後に「わかりやすく教えてくれてありがとうございます。」と言いました。この仕事は多くのことを勉強しなくてはいけないので大変ですが、①<u>こんなとき</u>にはとてもうれしいです。わたしはこの仕事が好きです。

30 「わたし」の働いている市役所はどんなところですか。

1 便利ですが、建物が古いです。

2 建物が新しいですが、不便です。

3 便利で、建物が新しいです。

4 建物が古くて、不便です。

31 「わたし」の仕事はどれですか。

1 ひっこしの手続きをします。

2 外国人に仕事を紹介します。

3 留学の手続きをします。

4 町をきれいにします。

32 「わたし」が気をつけていることは何ですか。

1 むずかしいことばを使いません。

2 わからないことはかならず質問します。

3 できるだけ多くの情報を話します。

4 できるだけ短い時間で話します。

33 ①こんなときとありますが、どんなときですか。

1 説明が上手にできたとき

2 勉強したことが役にたったとき

3 おれいを言われたとき

4 むずかしいことがわかったとき

もんだい6　　つぎのページを見て、下の質問に答えてください。答えは、1・2・3・4
　　　　　　から、いちばんいいものを一つえらんでください。

[34]　ふつうコースに参加したい人はどうしますか。

　1　9時50分までに中央公園に行きます。

　2　10時までに中央公園に行きます。

　3　9時50分までに駅前に行きます。

　4　10時10分までに駅前に行きます。

[35]　内容と合っているものはどれですか。

　1　子どもたちが、両親と一緒に山にのぼります。

　2　先生は1つのコースに1人います。

　3　Cコースは10時に出発して3時に帰ってきます。

　4　雨のときは来月にします。

おじいさんおばあさんといっしょに、山^{やま}のぼりをしよう！

① ひにち

　11月4日（土）

② 参加^{さんか}できる人

　5さいから小学校6年生までの子どもと、そのおじいさん、おばあさん

② 先生

　Aコース　よしだ先生

　Bコース　さとう先生

　Cコース　たなか先生

③ 参加費^{さんかひ}

　500円

④ コース

コース	出発^{しゅっぱつ}の時間	帰^{かえ}ってくるまでにかかる時間
Aコース とてもかんたん	11時	1時間半
Bコース ふつう	10時	2時間
Cコース すこしたいへん	10時	3時間

■ 動^{うご}きやすい靴^{くつ}と、動^{うご}きやすい服^{ふく}を着てきてください。
■ 飲^のみ物^{もの}とお弁当^{べんとう}を準備^{じゅんび}してください。
■ 雨が降^ふったときは、11月23日にします。
■ 10分前までに来てください。
■ AとBコースは中央公園^{ちゅうおうこうえん}、Cコースは駅前に来てください。

N4

聴解
ちょうかい

（35分）
ふん

受験番号 Examinee Registration Number	
じゅけんばんごう	

名前 Name	
な まえ	

もんだい1

　もんだい1では、まず　しつもんを　聞_きいて　ください。それから　話_{はなし}を　聞_きいて、もんだいようしの　1から4の　中_{なか}から、いちばん　いい　ものを　一_{ひと}つ　えらんで　ください。

れい

1　ぎゅうにゅう　1本だけ

2　ぎゅうにゅう　1本と　チーズ

3　ぎゅうにゅう　2本だけ

4　ぎゅうにゅう　2本と　チーズ

1 ばん

1 おかあさん

2 いもうと

3 おねえさん

4 ともだち

2 ばん

1 2さつ

2 3さつ

3 4さつ

4 5さつ

3ばん

🎧152

1　12時

2　12時40分

3　14時

4　14時10分

4ばん

🎧153

1　すし

2　そばと　てんぷら

3　そば

4　すしと　てんぷら

5 ばん

1 そとで　あそぶ

2 おもちゃを　かいに　行く

3 ゲームを　する

4 いえの　なかで　はしる

第3回

6 ばん

1 お客さんに　あいさつを　する

2 おちゃを　いれる

3 コーヒーを　いれる

4 おかしを　かう

7 ばん

156

1 ひこうきを　よやくする

2 ホテルを　よやくする

3 いい　ホテルを　さがす

4 かちょうに　ほうこくする

8 ばん

157

1 ひがし　かんの　3階

2 ひがし　かんの　2階

3 みなみ　かんの　3階

4 みなみ　かんの　2階

もんだい2

　もんだい2では、まず　しつもんを　聞_きいて　ください。そのあと、もんだいようしを　見_みて　ください。読_よむ　時間_{じかん}が　あります。それから　話_{はなし}を　聞_きいて、もんだいようしの　1から4の　中_{なか}から、いちばん　いい　ものを　一_{ひと}つ　えらんで　ください。

れい

1　へやが　せまいから

2　ばしょが　ふべんだから

3　たてものが　古_{ふる}いから

4　きんじょに　ともだちが　いないから

N4

第3回

1 ばん

159

1 ゆうびんきょく

2 ぎんこう

3 コンビニ

4 しょくどう

2 ばん

160

1 しごとを　した

2 ともだちと　はなした

3 こうこうに　行った

4 いえで　ねた

3ばん

1 イギリスに 行った こと

2 ともだちに 会った こと

3 おとうとが けっこんした こと

4 そふの びょうきが なおった こと

4ばん

1 サッカー

2 テニス

3 スキー

4 やきゅう

5 ばん

1　27日　10時

2　27日　13時

3　29日　10時

4　29日　13時

6 ばん

1　かさが　ないから

2　でんしゃが　とまったから

3　かいぎに　おくれたから

4　かいぎの　日が　かわったから

7 ばん

1 かようびの　14時

2 きんようびの　14時

3 かようびの　14時半

4 きんようびの　14時半

もんだい3

166

もんだい3では、えを 見ながら しつもんを 聞いて ください。➡（やじるし）の 人は 何と 言いますか。1から3の 中から、いちばん いい ものを 一つ えらんで ください。

れい

1 ばん

2 ばん

3 ばん

4 ばん

5 ばん

もんだい４

　もんだい４では、えなどが　ありません。まず　ぶんを　聞いて　ください。
それから、そのへんじを　聞いて、１から３の　中から、いちばん　いい　ものを
一つ　えらんで　ください。

－ メモ －

JLPT N5 實戰模擬考題 第1回 解答

言語知識（文字・語彙）P. 12

問題 1　1 ②　2 ③　3 ③　4 ④　5 ②　6 ①　7 ①　8 ③　9 ③　10 ②　11 ①
　　　　12 ③

問題 2　13 ②　14 ④　15 ③　16 ④　17 ②　18 ①　19 ③　20 ③

問題 3　21 ①　22 ①　23 ②　24 ②　25 ③　26 ④　27 ①　28 ①　29 ②　30 ③

問題 4　31 ①　32 ④　33 ②　34 ④　35 ②

言語知識（文法）・讀解 P. 22

問題 1　1 ②　2 ②　3 ①　4 ④　5 ③　6 ④　7 ②　8 ②　9 ①　10 ④　11 ②
　　　　12 ①　13 ③　14 ①　15 ②　16 ④

問題 2　17 ①　18 ②　19 ②　20 ③　21 ③

問題 3　22 ①　23 ①　24 ④　25 ①　26 ③

問題 4　27 ③　28 ①　29 ④

問題 5　30 ③　31 ③

問題 6　32 ③

聽解 P. 38

問題 1　1 ③　2 ③　3 ③　4 ②　5 ①　6 ④　7 ②

問題 2　1 ③　2 ④　3 ①　4 ③　5 ④　6 ②

問題 3　1 ③　2 ①　3 ②　4 ①　5 ②

問題 4　1 ①　2 ①　3 ③　4 ②　5 ①　6 ③

もんだい1　P. 38

もんだい1では、はじめに　しつもんを　きいて　ください。それから　はなしを　きいて、もんだいようしの　1から4の　なかから、いちばん　いい　ものを　ひとつ　えらんで　ください。

れい

クラスで先生が話しています。学生は、今日家で、どこを勉強しますか。

F　では、今日は20ページまで終わりましたから、21ページは宿題ですね。

M　全部ですか。

F　いえ、21ページの1番です。2番は、クラスでします。

学生は、今日家で、どこを勉強しますか。

1ばん

002

男の人と女の人が話しています。女の人はどれを食べますか。

F　くだものが、たくさんありますね。

M　わたしはぶどうを食べます。田中さんは？

F　わたしは、りんごにします。

M　ひとつじゃなくてもいいですよ。

F　そうですか。じゃあ、みかんもください。

女の人はどれを食べますか。

2ばん

003

女の人と男の人が話しています。女の人はどの箱をとりますか。

M　すみませんが、その箱をとってください。

F　どの箱ですか。

M　棚のいちばん下にある箱です。ふたつありますから、上の箱をお願いします。

F　ちょっと待ってくださいね。これですか。

M　はい。そうです。

女の人はどの箱をとりますか。

3ばん

004

男の人が女の人と話しています。女の人はなにをしますか。女の人です。

F　部屋が暗いですね。それに、すこし暑いですね。

M　そうですね。電気をつけましょうか。

F　お願いします。わたしは窓を開けます。

M　はい。

女の人はなにをしますか。

4ばん

005

女の人と男の人が話しています。女の人はなにで行きますか。

M　あした、3時半に映画館の前で会いましょう。

F　映画館に行くバスは何番ですか。

M　バスはありませんよ。

F　そうですか。じゃあ、タクシーで行きますね。

M　わたしの車でいっしょに行きましょうか。

F　本当ですか。うれしいです。

女の人はなにで行きますか。

5ばん

006

学校で学生が先生と話しています。学生は今週末、なにをしますか。

M　先生、週末はなにをしますか。

F　わたしはそうじをします。いつも、じかんがないですから。田中さんは？

M　わたしはだいたい映画を見ますが、今週末は本を読みます。

F　勉強ですか。

M　いいえ。とてもおもしろい本ですよ。今度、先生に貸しますね。

F　ありがとうございます。

学生は今週末、なにをしますか。

6ばん 🎧 007

女の人と男の人が話しています。女の人は何
時に行きますか。

M 今日みんなで食事に行きますが、いっしょ
　にどうですか。

F いいですね。何時に会いますか。

M ６時３０分に店の前で会います。

F わたしは７時まで仕事がありますから、み
　んなより１時間あとに行きます。

M わかりました。

女の人は何時に行きますか。

7ばん 🎧 008

大学で男の人が女の人と話しています。男の
人はまずどこへ行きますか。

F どうしましたか。

M お金を落としました。

F えっ。学校の中でですか。

M いいえ。さっき銀行に行って、それから郵
　便局で荷物を送りましたが、そこで落とし
　たと思います。

F 交番に行ったほうがいいですよ。

M そうですね。交番に行く前に郵便局に行
　ってみます。

F はい。

男の人はまずどこへ行きますか。

もんだい2 P. 43 🎧 009

もんだい２では、はじめに　しつもんを　き
いて　ください。それから　はなしを　きい
て、もんだいようしの　１から４の　なかか
ら、いちばん　いい　ものを　ひとつ　えら
んで　ください。

れい

男の人と女の人が話しています。男の人は
昨日、どこへ行きましたか。男の人です。

M 山田さん、昨日どこかへ行きましたか。

F 図書館へ行きました。

M 駅のそばの図書館ですか。

F はい。

M 僕は山川デパートへ行って、買い物をしま
　した。

F え、わたしも昨日の夜、山川デパートのレ
　ストランへ行きましたよ。

M そうですか。

男の人は昨日、どこへ行きましたか。

1ばん 🎧 010

女の人と男の人が話しています。女の人はみ
なみ公園でなにをしましたか。

M 昨日、家族とみなみ公園に行きました。

F 花見ですか。

M ええ。とてもきれいでした。散歩をしてい
　る人がたくさんいました。

F わたしも会社の人とみなみ公園に行きまし
　たよ。

M えっ、本当ですか。

F はい。公園のそうじをしました。

女の人はみなみ公園でなにをしましたか。

2ばん 🎧 011

男の人と女の人が話しています。男の人はど
うして行きませんか。

F 田中さんもいっしょに美術館に行きません
　か。

M これからですか。

F はい。山田さんの結婚パーティーがあった
　たてものの横です。

M すみませんが、今、熱が高くて行けません。

F そうですか。残念ですね。

男の人はどうして行きませんか。

3ばん 〔012〕

_{がっこう}学校で_{おんな}女の_{ひと}人と_{おとこ}男の_{ひと}人が_{はな}話しています。_{おんな}女の_{ひと}人はどうして_{しょくどう}食堂で_た食べませんか。

M もうすぐ12_じ時ですね。_{しょくどう}食堂でお_{ひる}昼ごはんを_た食べませんか。_{きょう}今日のメニューは、わたしの_す好きなカレーです。

F わたしは、パンと_{ぎゅうにゅう}牛乳を_か買って_た食べます。カレーは_す好きですが、_{しょくどう}食堂のカレーはおいしくないです。

M そうですか。

_{おんな}女の_{ひと}人はどうして_{しょくどう}食堂で_た食べませんか。

4ばん 〔013〕

_{おとこ}男の_{ひと}人と_{おんな}女の_{ひと}人が_{はな}話しています。_{おとこ}男の_{ひと}人はだれと_す住んでいますか。

F だれが_{りょうり}料理をしますか。

M _{はは}母がいないので、_{ちち}父が_{りょうり}料理をします。

F お_{とう}父さんは_{りょうり}料理が_{じょうず}上手ですか。

M はい。_{しごと}仕事が_{いそが}忙しいときは、_{とお}遠くに_す住んでいる_{そぼ}祖母がときどき_き来てくれます。

F そうですか。

_{おとこ}男の_{ひと}人はだれと_す住んでいますか。

5ばん 〔014〕

_{おんな}女の_{ひと}人と_{おとこ}男の_{ひと}人が_{はな}話しています。_{おんな}女の_{ひと}人は_{にほん}日本でなにをしますか。

M _{がいこく}外国の_{かた}方ですか。

F はい。アメリカから_き来ました。

M _{にほん}日本には_{りょこう}旅行で_き来ましたか。

F _{いもうと}妹が_{にほん}日本の_{かいしゃ}会社に_{かよ}通っています。わたしは、_{いもうと}妹に_あ会いに_き来ました。

M そうですか。_{にほんご}日本語が_{じょうず}上手ですね。

F _く来る_{まえ}前に、すこし_{べんきょう}勉強しました。

_{おんな}女の_{ひと}人は_{にほん}日本でなにをしますか。

6ばん 〔015〕

_{だいがくせい}大学生の_{おとこ}男の_{ひと}人と_{おんな}女の_{ひと}人が_{はな}話しています。_{おとこ}男の_{ひと}人の_の乗った_の乗り_{もの}物はなんですか。

F _{なつやす}夏休みにどこに_い行きましたか。

M _{いえ}家に_{かえ}帰りました。_{いえ}家はここから_{くるま}車で4_{じかん}時間ぐらいです。

F _{とお}遠いですね。

M _{ひこうき}飛行機に_の乗ったら、_{ちか}近いですけど、_{でんしゃ}電車やバスのほうが_{べんり}便利です。

F バスで_{かえ}帰りましたか。_{でんしゃ}電車で_{かえ}帰りましたか。

M バスです。_{らいねん}来年は_{でんしゃ}電車で_{かえ}帰ります。

_{おとこ}男の_{ひと}人の_の乗った_の乗り_{もの}物はなんですか。

もんだい3 P.47 〔016〕

もんだい3では、えを みながら しつもんを きいて ください。➡（やじるし）の ひとは なんと いいますか。1から3の なかから、いちばん いい ものを ひとつ えらんで ください。

れい

レストランでお_{みせ}店の_{ひと}人を_よ呼びます。なんと_い言いますか。

1 いらっしゃいませ。

2 _{しつれい}失礼しました。

3 すみません。

1ばん 〔017〕

これから_{しょくじ}食事をします。なんと_い言いますか。

1 ごちそうさまでした。

2 おいしいです。

3 いただきます。

2ばん 〔018〕

_{やくそく}約束のじかんに_{おく}遅れました。_{せんせい}先生になんと_い言いますか。

1 _{おく}遅れてすみません。

2 いまから_い行きます。

3 _{やくそく}約束してください。

3ばん　🎧019

お昼ごはんを一緒に食べたいです。なんと言いますか。

1　お昼ごはんをどうぞ。

2　一緒に食べませんか。

3　カレーはどうですか。

4ばん　🎧020

ともだちの顔色が悪いです。なんと言いますか。

1　だいじょうぶ?

2　いつもありがとう。

3　頭が痛いです。

5ばん　🎧021

歌の名前を知りたいです。なんと言いますか。

1　歌が上手ですか。

2　これはなんという歌ですか。

3　お名前は?

もんだい4　P.51　🎧022

もんだい4は、えなどが　ありません。ぶんを　きいて、1から3の　なかから、いちばん　いい　ものを　ひとつ　えらんで　ください。

れい

お国はどちらですか。

1　あちらです。

2　アメリカです。

3　部屋です。

1ばん　🎧023

ちょっと待ってて。

1　うん、ここで待ってる。

2　これ、重いね。

3　すぐ、行きます。

2ばん　🎧024

宿題をしましたか。

1　いいえ、まだです。

2　宿題は23ページです。

3　すこし小さいですね。

3ばん　🎧025

朝、何時に起きましたか。

1　なかなか起きません。

2　早いですね。

3　7時ごろです。

4ばん　🎧026

今日、何日ですか。

1　もうすぐ4日目です。

2　5月10日です。

3　明日でもいいです。

5ばん　🎧027

病院はどこですか。

1　あの大きな建物です。

2　本棚の上です。

3　大丈夫ですよ。

6ばん　🎧028

どのくだものを食べる?

1　はい。とても好きです。

2　みかんのほうがおいしいです。

3　そうですね、りんごにします。

言語知識（文字・語彙）P.56

問題1　[1] ④　[2] ②　[3] ②　[4] ④　[5] ②　[6] ③　[7] ①　[8] ④　[9] ③　[10] ③　[11] ④
[12] ①

問題2　[13] ②　[14] ④　[15] ③　[16] ④　[17] ①　[18] ④　[19] ③　[20] ②

問題3　[21] ③　[22] ②　[23] ①　[24] ②　[25] ②　[26] ③　[27] ①　[28] ③　[29] ①　[30] ①

問題4　[31] ②　[32] ①　[33] ②　[34] ③　[35] ①

言語知識（文法）・讀解 P.66

問題1　[1] ④　[2] ①　[3] ③　[4] ③　[5] ②　[6] ④　[7] ②　[8] ③　[9] ②　[10] ②　[11] ①
[12] ②　[13] ②　[14] ③　[15] ③　[16] ②

問題2　[17] ①　[18] ④　[19] ①　[20] ③　[21] ②

問題3　[22] ④　[23] ③　[24] ①　[25] ①　[26] ③

問題4　[27] ②　[28] ①　[29] ③

問題5　[30] ②　[31] ④

問題6　[32] ③

聽解 P.82

問題1　[1] ③　[2] ④　[3] ③　[4] ④　[5] ④　[6] ④　[7] ④

問題2　[1] ②　[2] ②　[3] ④　[4] ①　[5] ②　[6] ③

問題3　[1] ③　[2] ①　[3] ③　[4] ①　[5] ①

問題4　[1] ②　[2] ①　[3] ①　[4] ③　[5] ②　[6] ②

もんだい1では、はじめに　しつもんを　きいて　ください。それから　はなしを　きいて、もんだいようしの　1から4の　なかから、いちばん　いい　ものを　ひとつ　えらんで　ください。

れい

クラスで先生が話しています。学生は、今日家で、どこを勉強しますか。

F　では、今日は20ページまで終わりましたから、21ページは宿題ですね。

M　全部ですか。

F　いえ、21ページの1番です。2番は、クラスでします。

学生は、今日家で、どこを勉強しますか。

1ばん　🎧030

男の人と女の人が話しています。女の人はどれですか。

M　これはだれですか。

F　それは、子どものときのわたしです。

M　え、これ、男の子じゃないですか。髪がみじかかったですね。

F　はい。いつもズボンをはいていました。背も高かったです。

M　でも、とてもかわいいです。

F　ありがとうございます。

女の人はどれですか。

2ばん　🎧031

女の人と男の人が話しています。男の人は車をどこに止めますか。

M　いま家の近くまで来ました。車はどこに止めますか。

F　家の横は父の車があるので、ほかの場所に止めてください。

M　家の前に止めましょうか。

F　そうですね。少しの時間なので大丈夫だと思います。

M　分かりました。

男の人は車をどこに止めますか。

3ばん　🎧032

男の人と女の人が話しています。女の人はなにを飲みますか。

M　いらっしゃい。どうぞ、座ってください。

F　おじゃまします。

M　冷たいコーヒーを飲みますか。あ、ビールもありますよ。

F　すみません。車で来たので、お茶はありませんか。

M　お茶はないです。ジュースはどうですか。

F　はい。ありがとうございます。

女の人はなにを飲みますか。

4ばん　🎧033

女の人と男の人が話しています。男の人は明日、どうしますか。

M　じゃあ、明日の1時に家に行きますね。

F　はい。まず、山川駅まで電車で来てください。

M　そこからバスに乗りますよね。

F　はい。3番のバスに乗って、山川中学校前で降りたら、電話をしてください。

M　分かりました。

男の人は明日、どうしますか。

5ばん　🎧034

女の人と男の人が話しています。女の人はなにをしますか。

M　ちょっと、お願いがあります。

F　なんですか。

M　母へのプレゼントを買いたいです。手伝ってくれませんか。

F いいですよ。いっしょに行きましょう。

M ありがとうございます。

女の人はなにをしますか。

女の人と男の人が話しています。男の人はどれを買いますか。

M これ安いですね。1000円ですよ。

F でも、少し短いですね。これはどうですか。

M 8000円ですか。もう少し安いものがいいです。3000円ぐらいでありませんか。

F これはどうですか。4200円ですけど、とても暖かいですよ。

M じゃあ、これにします。

男の人はどれを買いますか。

男の人と女の人が話しています。男の人はなにを洗いますか。

F もしもし。もう少し遅くなると思う。

M そう。お皿は全部洗ったよ。靴下も洗うね。

F ううん。靴下はまだたくさんあるから、ハンカチを洗ってくれる?

M 分かった。気をつけて帰ってきて。

F うん。

男の人はなにを洗いますか。

もんだい2　P.87　🎧037

もんだい2では、はじめに　しつもんを　きいて　ください。それから　はなしを　きいて、もんだいようしの　1から4の　なかから、いちばん　いい　ものを　ひとつ　えらんで　ください。

男の人と女の人が話しています。男の人は昨日、どこへ行きましたか。男の人です。

M 山田さん、昨日どこかへ行きましたか。

F 図書館へ行きました。

M 駅のそばの図書館ですか。

F はい。

M 僕は山川デパートへ行って、買い物をしました。

F え、わたしも昨日の夜、山川デパートのレストランへ行きましたよ。

M そうですか。

男の人は昨日、どこへ行きましたか。

女の人と男の人が話しています。女の人の友だちは何人来ますか。女の人の友だちです。

M 今日、お客さんは何人来る?

F わたしの友だちは3人。

M 僕の友だちが4人だから、全部で7人だね。

F あ、ちがった。山田さんも来るから、8人だ。

M 山田さんって、高校のときの友だち?

F うん。お料理、たくさん作るね。

M うん。よろしく。

女の人の友だちは何人来ますか。

男の人と女の人が話しています。男の人はいつから働いていますか。

F ここで働いてどのぐらいですか。

M 22才のときに勉強を始めて25才のときからここで働いています。

F じゃあ、もう10年になりますね。

M はい。40才まで、ここで働くつもりです。

F そのあとは、どうしますか。

M 父の会社で働きます。

男の人はいつから働いていますか。

3ばん

女の子が父親と話しています。女の子はどうして本を読みませんか。

M もっとたくさん本を読んだほうがいいよ。時間いっぱいあるだろう？

F でも、むずかしいから。

M 漢字はないからやさしいよ。ひらがな分かるよね？

F 分かるけど、カタカナが読めないの。

M そうか。じゃあ、一緒に読もう。

女の子はどうして本を読みませんか。

4ばん

男の子が母親と話しています。男の子はどうして日曜日が嫌いですか。

F 明日は日曜日でうれしいね。

M うれしくないよ。日曜日は嫌い。

F どうして。お父さん、家にいるでしょう？

M でも、お母さんが仕事に行くから。

F 家にいなくてごめんね。早く帰ってくるね。

M うん。

男の子はどうして日曜日が嫌いですか。

5ばん

女の人と男の人が話しています。女の人はどんな仕事をしますか。

M 新しいアルバイトはどうですか。

F 楽しいですよ。お茶を入れたり、机の上をきれいにしたりします。

M パソコンを使う仕事もありますか。

F いいえ。でも、パソコンがこわれたときに修理の人に電話をします。

女の人はどんな仕事をしますか。

6ばん

男の人と女の人が話しています。男の人は3時になにをしましたか。

F 昨日3時ごろ電話しましたが、出ませんでしたね。

M すみません。知りませんでした。昨日は12時に友だちと会ってサッカーをして、ご飯を食べてから、2時から5時まで喫茶店で話をしていました。

F そうですか。寝ているかと思いました。

M すみませんでした。

男の人は3時になにをしましたか。

もんだい3   P.91

もんだい3では、えを みながら しつもんを きいて ください。➡（やじるし）の ひとは なんと いいますか。1から3の なかから、いちばん いい ものを ひとつ えらんで ください。

れい

レストランでお店の人を呼びます。なんと言いますか。

1 いらっしゃいませ。   3 すみません。
2 失礼しました。

1ばん

約束の時間を変えたいです。なんと言いますか。

1 約束を明日にしてください。

2 じゃあ、待っています。

3 1時じゃなくて、2時でもいいですか。

2ばん

電話に出られませんでした。友だちになんと言いますか。

1 出られなくて、ごめんね。

2 電話しましょう。

3 もしもし。

3ばん (047)

図書館でうるさくしている人になんと言いますか。

1 大きくしてください。

2 よく聞こえません。

3 静かにしてください。

4ばん (048)

コンビニで袋がほしいです。なんと言いますか。

1 袋をください。

2 袋はけっこうです。

3 袋をもらいましょう。

5ばん (049)

学校から帰ってきました。母親になんと言いますか。

1 ただいま。　　　3 いってきます。

2 おかえり。

もんだい4 (050)

もんだい4は、えなどが　ありません。ぶんを　きいて、1から3の　なかから、いちばん　いい　ものを　ひとつ　えらんで　ください。

れい

お国はどちらですか。

1 あちらです。

2 アメリカです。

3 部屋です。

1ばん (051)

おみやげ、ありがとう。

1 おじゃまします。

2 どういたしまして。

3 楽しかったですか。

2ばん (052)

お昼ごはんはもう食べましたか。

1 ええ、さっき友だちと食べました。

2 いいえ、まだ食べたことがありません。

3 はい、もうすぐですね。

3ばん (053)

これは誰ですか。

1 わたしの妹です。

2 わたしが作った料理です。

3 かわいいですね。

4ばん (054)

今日は雪が降るかもしれません。

1 たくさん降っていますね。

2 はい、よろしくお願いします。

3 じゃあ、暖かくして行きます。

5ばん (055)

車を持っていますか。

1 父がもうすぐ来ます。

2 いいえ、ありません。

3 これをもって行きます。

6ばん (056)

家は近いですか。

1 すこしきたないです。

2 ええ、すぐそこです。

3 つまらないです。

言語知識（文字・語彙） P.100

問題1　**1** ③　**2** ③　**3** ②　**4** ①　**5** ①　**6** ④　**7** ②　**8** ④　**9** ①　**10** ①　**11** ④
12 ①

問題2　**13** ④　**14** ②　**15** ②　**16** ③　**17** ④　**18** ③　**19** ①　**20** ①

問題3　**21** ①　**22** ③　**23** ④　**24** ②　**25** ①　**26** ④　**27** ②　**28** ③　**29** ③　**30** ④

問題4　**31** ③　**32** ④　**33** ②　**34** ②　**35** ④

言語知識（文法）・讀解 P.110

問題1　**1** ②　**2** ①　**3** ①　**4** ②　**5** ④　**6** ③　**7** ④　**8** ③　**9** ③　**10** ①　**11** ②
12 ③　**13** ②　**14** ④　**15** ④　**16** ①

問題2　**17** ④　**18** ①　**19** ②　**20** ④　**21** ③

問題3　**22** ④　**23** ①　**24** ②　**25** ②　**26** ③

問題4　**27** ①　**28** ④　**29** ②

問題5　**30** ③　**31** ②

問題6　**32** ②

聽解 P.126

問題1　**1** ③　**2** ③　**3** ①　**4** ②　**5** ④　**6** ②　**7** ①

問題2　**1** ③　**2** ①　**3** ③　**4** ①　**5** ③　**6** ①

問題3　**1** ①　**2** ①　**3** ①　**4** ①　**5** ②

問題4　**1** ②　**2** ①　**3** ②　**4** ①　**5** ②　**6** ①

もんだい1　P. 126

もんだい1では、はじめに　しつもんを　きいて　ください。それから　はなしを　きいて、もんだいようしの　1から4の　なかから、いちばん　いい　ものを　ひとつ　えらんで　ください。

れい

クラスで先生が話しています。学生は、今日家で、どこを勉強しますか。

F　では、今日は20ページまで終わりましたから、21ページは宿題ですね。
M　全部ですか。
F　いえ、21ページの1番です。2番は、クラスでします。

学生は、今日家で、どこを勉強しますか。

1ばん

女の人が男の人と話しています。女の人は何時に家を出ますか。

M　何時の飛行機に乗りますか。
F　12時半です。
M　じゃあ、空港には11時までに行かないと。
F　はい。9時半に家を出て、10時のバスに乗ります。
M　わかりました。

女の人は何時に家を出ますか。

2ばん

女の人と男の人が話しています。男の人はなにを着て行きますか。

M　明日の食事会、なにを着て行こうか。
F　うーん、黒のズボンと白いシャツはどう?
M　ネクタイはしなくてもいいよね。
F　うん。寒いからシャツの上に、セーターを着てね。
M　わかった。

男の人はなにを着て行きますか。

3ばん

女の人と男の人が話しています。女の人のお父さんはどの人ですか。

M　お父さん、どこで待ってるの?
F　公園で待ってると言ってたけど。あ、いた。
M　どの人?
F　トイレの横に立っている人。
M　めがねをかけた人?
F　ううん。かさを持っている人。
M　ああ、わかった。

女の人のお父さんはどの人ですか。

4ばん

061

教室で先生が話しています。このクラスはなんの勉強をしますか。

M　みなさん、はじめまして。今日から一緒に勉強しましょう。このクラスは書く練習をします。聞いたり、話したりする練習はしません。それから、読む練習をしたい人は、田中先生のクラスでしますから、202教室に行ってください。

このクラスはなんの勉強をしますか。

5ばん

図書館で、女の人と男の人が話しています。男の人はどうしますか。

M　本を返したいです。このポストに入れるんですか。
F　ええと、ちょっと本を見せてください。
M　どうぞ。
F　この本は返す日が昨日でしたから、このポストではなくて、係の人に返してください。
M　わかりました。

男の人はどうしますか。

6ばん

男の人が女の人と話しています。試合は何曜日ですか。

F 今日はもう木曜日です。あと少しで試合ですね。

M はい。あと二日しかありませんから、いっしょうけんめい練習しています。

F 天気予報では、晴れると言っていました。

M そうですか。よかったです。

試合は何曜日ですか。

7ばん

女の人と男の人が話しています。女の人はこれからなにをしますか。

M ひさしぶりに仕事が早く終わりましたね。

F はい。いつもはテレビを見て寝ますが、今日は運動をします。

M 友だちとですか。

F いいえ、一人です。それから、おいしい料理を食べたいです。

M いいですね。駅前に有名なお店がありますよ。

F そうですか。教えてください。

女の人はこれからなにをしますか。

もんだい2　P. 131

もんだい2では、はじめに　しつもんを　きいて　ください。それから　はなしを　きいて、もんだいようしの　1から4の　なかから、いちばん　いい　ものを　ひとつ　えらんで　ください。

れい

男の人と女の人が話しています。男の人は昨日、どこへ行きましたか。男の人です。

M 山田さん、昨日どこかへ行きましたか。

F 図書館へ行きました。

M 駅のそばの図書館ですか。

F はい。

M 僕は山川デパートへ行って、買い物をしました。

F え、わたしも昨日の夜、山川デパートのレストランへ行きましたよ。

M そうですか。

男の人は昨日、どこへ行きましたか。

1ばん

女の人と男の人が話しています。女の人は何時まで学校にいますか。

M 宿題はそろそろ終わりますか。もう4時ですよ。

F まだです。でも、6時からピアノ教室に行くので、1時間前にここを出ます。

M じゃあ、あと1時間ですね。

F はい、がんばります。

女の人は何時まで学校にいますか。

2ばん

男の人と女の人が話しています。男の人は郵便局でなにをしますか。

F 山田さん、郵便局に行きますか。

M はい。切手がなくなったので。

F じゃあ、コンビニでコピーの紙を買ってきてくれませんか。

M 分かりました。

F お金はあとで払いますね。

M はい。

男の人は郵便局でなにをしますか。

3ばん

女の人と男の人が話しています。約束は何曜日ですか。

M あ、高橋さん、こんにちは。

F こんにちは。明日の約束、駅前の喫茶店に5時ですよね。

M 明日?あさってじゃないですか。
F 今日は木曜日ですよ。
M え、もう木曜日ですか。水曜日だと思っていました。
F 明日、忘れないでくださいね。
M はい。

約束は何曜日ですか。

4ばん

069

男の人と女の人が話しています。二人は7月にどこに行きますか。

F 7月に会社で旅行に行くそうです。
M 去年は、中国でしたね。今年は、どこでしょう。
F アメリカだそうです。ヨーロッパに行きたかったんですが、残念です。
M わたしは韓国に行きたいです。行ったことがありませんから。
F 来年、行けるといいですね。

二人は7月にどこに行きますか。

5ばん

070

女の人と男の人が話しています。女の人は何時間、勉強しますか。

M 田中さん、早いですね。しけんの勉強ですか。
F はい。朝がいちばんよく勉強ができます。
M ぼくも昨日は3時間も勉強しましたよ。本当につかれました。
F わたしは朝1時間と寝る前に1時間します。長くやるより、いいですよ。
M そうですか。

女の人は何時間、勉強しますか。

6ばん

071

男の人と女の人が話しています。男の人はどんな部屋に住みたいですか。

F どんな部屋を探していますか。
M いまの部屋がすこし狭いんです。
F では、この部屋はどうですか。とても広いですよ。でも、ちょっと古いです。
M 古くても大丈夫です。
F そうですか。じゃあ、この部屋を見に行ってみますか。
M はい。お願いします。

男の人はどんな部屋に住みたいですか。

もんだい3   P. 135

072

もんだい3では、えを みながら しつもんを きいて ください。➡（やじるし）のひとは なんと いいますか。1から3のなかから、いちばん いい ものを ひとつえらんで ください。

れい

レストランでお店の人を呼びます。なんと言いますか。

1 いらっしゃいませ。   3 すみません。
2 失礼しました。

1ばん

073

友だちの家に行ってみたいです。友だちになんと言いますか。

1 家に行ってもいい?
2 家に行ってください。
3 家に行ってみるね。

2ばん

074

電話がこわれました。なおしたいです。なんと言いますか。

1 修理をお願いします。
2 修理したことがあります。
3 修理してあげたいです。

3ばん

図書館で本を借ります。なんと言いますか。

1 本を借りたいんですけど。
2 本をどうぞ。
3 本を買いませんか。

4ばん [076]

冷たい飲み物が飲みたいです。友だちになんと言いますか。

1 冷たいお茶を買ってきて。
2 冷たいお茶をどうぞ。
3 このお茶は、冷たいです。

5ばん [077]

探している本がありません。店員になんと言いますか。

1 この本を読んでもいいですか。
2 この本はどこにありますか。
3 この本を買いましょう。

もんだい4　P. 139 [078]

もんだい4は、えなどが ありません。ぶんを きいて、1から3の なかから、いちばん いい ものを ひとつ えらんで ください。

れい

お国はどちらですか。

1 あちらです。
2 アメリカです。
3 部屋です。

1ばん [079]

昨日のテストはどうでしたか。

1 とても安かったです。
2 そんなに難しくなかったです。
3 田中さんもどうぞ。

2ばん

どちらさまですか。

1 山田と申します。
2 28歳です。
3 学校までお願いします。

3ばん [081]

部屋は何階ですか。

1 何回も行きました。
2 2階です。
3 一度行ってみたいです。

4ばん

映画、楽しかったですね。

1 はい、また行きましょう。
2 じゃあ、3時はどうですか。
3 はい、見たことがありません。

5ばん

いつ旅行から帰りますか。

1 早く帰ってきてください。
2 1週間後です。
3 30分です。

6ばん [084]

何枚コピーしますか。

1 20枚です。
2 はい。コピーしてください。
3 1冊です。

JLPT N4 實戰模擬考題 第1回 解答

もんだい1 P. 170 🎧085

もんだい1では、まず しつもんを 聞いて ください。それから 話を 聞いて、もんだいようしの 1から4の 中から、いちばん いい ものを 一つ えらんで ください。

れい

男の人が女の人に電話をしています。男の人は、何を買って帰りますか。

M これから帰るけど、何か買って帰ろうか。

F あ、ありがとう。えっとね、牛乳。それから。

M ちょっと待って、牛乳は1本でいいの?

F えっと、2本お願い。それから、チーズ。

M あれ、チーズはまだたくさんあったよね。

F ごめん、今日のお昼に全部食べたの。

M 分かった。じゃ、買って帰るね。

男の人は、何を買って帰りますか。

1ばん 🎧086

娘と母親が旅行の相談をしています。二人は何時の電車に乗りますか。

F1 来週の旅行だけど、何時に家を出ようか。

F2 ホテルのチェックインが3時だから、その時間に着くように出ればいいよね。

F1 そうね。電車に乗ったら2時間半かかるから、12時ぐらいの電車にしようか。

F2 うん。電車の時間、調べてみるね。えーと、12時5分と、12時30分がある。

F1 じゃあ、12時に家を出て12時半の電車に乗る?

F2 ちょっとぎりぎりだけど、そうしようか。じゃあ、予約しておくね。

二人は何時の電車に乗りますか。

2ばん 🎧087

会社で男の人が女の人と話しています。男の人はかぎをどこに置きますか。

F 料理の準備は終わりましたよ。

M 会議室のかぎ、ありがとうございました。どこに置きましょうか。

F ああ、かぎがたくさんあるところがあるでしょう。

M あ、ありました。冷蔵庫の上ですね。

F いや、そこじゃなくて本棚のとなりにもあるでしょう。

M ああ、ここですね。どこにかけますか。

F えーと、左から3番目。

M はい。分かりました。

男の人はかぎをどこに置きますか。

3ばん 🎧088

女の人と男の人が話しています。女の人は何を見に行きますか。

F 昨日、本屋のアルバイトのお金をもらいました。

M そうですか。何か買いたいものがありますか。

F もうこの靴を買っちゃいました。あとは何を買おうかな。

M さいきん、写真をとるのが趣味だって言ってましたよね。

F そうなんです。でも、新しいカメラを買うほどまだ上手じゃないし。

M 僕はアルバイトのお金でパソコンを買いましたよ。

F わあ、すごいですね。わたしもほしいなあ、小さいの。

M いろいろありますよ。一緒に見に行きましょうか。

F 本当ですか。行きましょう。

女の人は何を見に行きますか。

4ばん 🎧089

男の人と女の人がパーティーの準備をしています。男の人はコップをいくつ準備しますか。

F 料理の準備は終わりましたよ。

M じゃあ、飲み物とコップを持ってきますね。コップはいくつ必要ですか。

F 女の人は4人です。吉田さんは来られなくなりました。

M そうですか。じゃあ、男の人は4人だから、8つですね。

F 男の人は5人じゃないですか？

M えっ。あ、本当ですね。僕を入れるのを忘れてました。

F じゃあ、お願いします。

M はい。今、持ってきます。

男の人はコップをいくつ準備しますか。

5ばん 〔090〕

図書館で女の人が係の人と話しています。ここでしてはいけないことは何ですか。

F すいません。パソコンを使える席はどこですか。

M DVDコーナーの後ろです。

F あのう、DVDとビデオは借りられますか。

M いいえ。図書館の中でだけ見ることができます。

F そうですか。分かりました。

M あの、そのハンバーガー、食べてから入ってくださいね。

F はい。すみません。お水もだめですか。

M 飲み物は大丈夫ですよ。

F 分かりました。

ここでしてはいけないことは何ですか。

6ばん 〔091〕

アルバイト先で男の学生が店長と話しています。男の人がしなければならないことは何ですか。

M 店長、お皿、全部洗いました。

F お疲れさま。じゃあ、次は…。花に水はあげたし…。

M 買うものがあったら、僕が買いに行きましょうか。

F そうねえ。買い物はわたしが行くから、その間に店の掃除をお願いできる？

M はい。分かりました。

F じゃあ、よろしくね。

男の人がしなければならないことは何ですか。

7ばん 〔092〕

学校で女の人と男の人が話しています。女の人はこれからどうしますか。

M なんか、顔色が悪いね。

F ちょっと朝から調子が悪くて。家で休みたかったんだけど、今日の授業大事だから。

M でも、病院に行ったほうがいいんじゃない？熱があるのかもしれないよ。

F うーん。薬を飲もうかな。薬局、近くにある？

M 薬局は遠いけど、風邪薬ならコンビニにも売ってるよ。

F じゃあ、行ってみる。

女の人はこれからどうしますか。

8ばん 〔093〕

学校で男の学生と女の学生が話しています。女の学生は何色のTシャツを注文しますか。

F あの、5月の運動会で着る服のことだけど。

M ああ、クラスで同じTシャツを作るっていう話？

F うん。こんなデザインでどうかな。色は白がいいかなと思ってるんだけど。

M いいんじゃない？でも、白はちょっと…。黄色とか、赤はどう？

F 黄色がいいかもね。赤はいいけど隣のクラスと同じだから、ちょっとね。

M そうか。同じじゃないほうがいいね。

F じゃあ、黄色ね。わたしが注文するから、この紙に名前とサイズを書いてね。

M 分かった。ありがとう。

女の学生は何色のTシャツを注文しますか。

もんだい2　P. 175

もんだい2では、まず　しつもんを　聞いて　ください。そのあと、もんだいようしを　見て　ください。読む　時間が　あります。それから　話を　聞いて、もんだいようしの　1から4の　中から、いちばん　いい　ものを　一つ　えらんで　ください。

れい

女の人と男の人が話しています。女の人は、どうして引っ越しをしますか。

F 来週の日曜日、引っ越しを手伝ってくれない?

M いいけど、また引っ越すんだね。部屋が狭いの?

F ううん。部屋の大きさも場所も問題ないんだけど、建物が古くて嫌なんだ。最近、近所の人と友だちになったから、残念なんだけど。

M そうなんだ。

女の人は、どうして引っ越しをしますか。

1ばん　094 095

女の人と男の人が話しています。女の人はどうして音楽の勉強をしますか。

M 大学を卒業したらフランスに留学すると聞きました。本当ですか。

F はい。音楽の勉強をもう少ししたいと思っています。

M 山田さんのお母さん、高校の音楽の先生ですよね。
山田さんも先生になりたいんですか?

F 子どものころは音楽の先生とか、歌手になりたいと思っていましたが、今はピアノをやりたいと思っています。

M ピアニストですか。いい夢ですね。

F はい。ありがとうございます。フランスで有名な先生のところで勉強するつもりです。

女の人はどうして音楽の勉強をしますか。

2ばん　096

男の人と女の人が話しています。男の人はどうして学校を休みましたか。

F おはよう。昨日学校休んだから、心配したよ。また熱を出したのかと思って。

M ううん。自転車に乗っているときに転んでね。頭から落ちたんだ。

F えっ、頭にけがはしなかった?

M ぜんぜん。運がよかったよ。足が痛かったから、病院に行ったんだ。でも、もう大丈夫。

F そう、よかった。じゃあ、今日学校が終わったら、映画見に行かない?

M ごめん、歯医者の予約をしているんだ。

F え、歯も痛いの? いろいろ大変だね。

M そうなんだよ。ごめんね。明日なら大丈夫だから。

F 分かった。

男の人はどうして学校を休みましたか。

3ばん　097

女の人と男の人が話しています。女の人はどうして泣きましたか。

M あれ、洋子さん、泣いたんですか? 目が赤いですね。

F え、本当ですか。さっき、ニュースで病気の子どもの話を見て。

M そうですか。洋子さん、この前も悲しいドラマを見て泣いていましたね。

F はい。自分が病気だったときのことを思い出すんです。

M 洋子さん、大きい病気をしたんですか。

F はい。子どものとき、ずっと入院していた
　　ことがあります。

M そうでしたか。

女の人はどうして泣きましたか。

4ばん ⬤098

**男の人と女の人が話しています。男の人は何
年外国に住んでいましたか。**

F 吉田さん、英語が上手ですね。留学して
　　いたんですか。

M いいえ、留学したことはないですが、小学
　　校2年生から5年間アメリカに住んでいま
　　した。

F ああ、やっぱり。だから上手なんですね。

M ええ、日本でもずっと勉強を続けていまし
　　たし、大学を卒業したあとはアメリカで働
　　いていました。

F へえ。働いていたんですか。

M はい。3年間働いて、去年の1月に帰って
　　きました。

男の人は何年外国に住んでいましたか。

5ばん ⬤099

**男の人と女の人が話しています。女の人はど
うしてりんごを買いませんでしたか。**

M 田中さん、みかんを買いましたか。

F はい。食べてみたら、甘くておいしかった
　　ので。

M 僕はさっき、りんごを食べてみましたけど、
　　とてもおいしいですよ。ほら、こんなに買
　　いました。

F たくさん買いましたね。

M 安いから古いものかと思ってたら、そうで
　　はなくて、少し形が悪いからだそうです。

F そうですか。わたしも買いたいですけど、
　　みかんをこんなに買ってしまったので重く
　　て持てないです。今度買います。

M そうですね。

**女の人はどうしてりんごを買いませんでした
か。**

6ばん ⬤100

**男の人と女の人が話しています。男の人が一
番ほしいものは何ですか。**

F 木村さん、何階に行きましょうか。

M いろいろほしいものはあるんですけど、ま
　　ずは3階に行きましょう。

F 3階は洗濯機と掃除機ですね。壊れたん
　　ですか。

M いいえ。ただ、洗濯機の音がうるさいんで
　　す。もう少し音が静かなものがほしいです。

F わたしはテレビを見たいので、そのあと2
　　階に行ってもいいですか。

M もちろんです。実は今一番ほしいのがカメ
　　ラなので、わたしも2階を見たいです。

F あ、赤ちゃんが生まれたんですよね。やは
　　りたくさん写真をとりたいんですね。

M はい。子どもがいると、いろいろ必要なも
　　のが増えますね。

男の人が一番ほしいものは何ですか。

7ばん ⬤101

**女の人と男の人が話しています。女の人が残
念だったことは何ですか。**

F 先週末、京都に行ってきました。

M いいですね。今の季節はきれいでしょう。

F はい、少し寒かったですけど、よかったで
　　す。

M 確かに週末は寒かったですね。お土産は買
　　いましたか。

F ええ。とてもきれいなお皿を見つけたんで
　　す。でも好きな色がなくて、いろいろなお
　　店を探して、やっと買うことができました。

M よかったですね。

F でも東京に帰ってきて、近くのデパートに
　　行ったら、そこに売っていました。

M 同じ<ruby>物<rt>もの</rt></ruby>ですか?

F はい。いっしょうけんめい<ruby>探<rt>さが</rt></ruby>して<ruby>買<rt>か</rt></ruby>ったのに、とても<ruby>残念<rt>ざんねん</rt></ruby>でした。

M そうでしたか。

<ruby>女<rt>おんな</rt></ruby>の<ruby>人<rt>ひと</rt></ruby>が<ruby>残念<rt>ざんねん</rt></ruby>だったことは<ruby>何<rt>なん</rt></ruby>ですか。

もんだい3　　P. 180　　[102]

もんだい3では、えを　<ruby>見<rt>み</rt></ruby>ながら　しつもんを　<ruby>聞<rt>き</rt></ruby>いて　ください。➡（やじるし）の<ruby>人<rt>ひと</rt></ruby>は　<ruby>何<rt>なに</rt></ruby>と　<ruby>言<rt>い</rt></ruby>いますか。1から3の　<ruby>中<rt>なか</rt></ruby>から、いちばん　いい　ものを　<ruby>一<rt>ひと</rt></ruby>つ　えらんで　ください。

れい

レストランでお<ruby>店<rt>みせ</rt></ruby>の<ruby>人<rt>ひと</rt></ruby>を<ruby>呼<rt>よ</rt></ruby>びます。<ruby>何<rt>なん</rt></ruby>と<ruby>言<rt>い</rt></ruby>いますか。

1　いらっしゃいませ。　　3　すみません。
2　<ruby>失礼<rt>しつれい</rt></ruby>しました。

1ばん　　[103]

<ruby>映画<rt>えいが</rt></ruby>のチケットがあります。<ruby>一緒<rt>いっしょ</rt></ruby>に<ruby>行<rt>い</rt></ruby>きたいです。<ruby>何<rt>なん</rt></ruby>と<ruby>言<rt>い</rt></ruby>いますか。

1　<ruby>映画<rt>えいが</rt></ruby>に<ruby>行<rt>い</rt></ruby>ったらいいです。
2　<ruby>映画<rt>えいが</rt></ruby>に<ruby>行<rt>い</rt></ruby>きませんか。
3　<ruby>映画<rt>えいが</rt></ruby>に<ruby>行<rt>い</rt></ruby>ってもいいですか。

2ばん　　[104]

<ruby>携帯電話<rt>けいたいでんわ</rt></ruby>を<ruby>買<rt>か</rt></ruby>いたいです。<ruby>少<rt>すこ</rt></ruby>し<ruby>高<rt>たか</rt></ruby>いです。<ruby>何<rt>なん</rt></ruby>と<ruby>言<rt>い</rt></ruby>いますか。

1　もう<ruby>少<rt>すこ</rt></ruby>し<ruby>安<rt>やす</rt></ruby>いものはありませんか。
2　もう<ruby>少<rt>すこ</rt></ruby>し<ruby>安<rt>やす</rt></ruby>いものにしましょうか。
3　もう<ruby>少<rt>すこ</rt></ruby>し<ruby>安<rt>やす</rt></ruby>くしてあげます。

3ばん　　[105]

<ruby>荷物<rt>にもつ</rt></ruby>が<ruby>多<rt>おお</rt></ruby>いです。<ruby>友<rt>とも</rt></ruby>だちに<ruby>手伝<rt>てつだ</rt></ruby>ってほしいです。<ruby>何<rt>なん</rt></ruby>と<ruby>言<rt>い</rt></ruby>いますか。

1　これ、もってあげる。
2　これ、もってくれない?
3　これ、もらいましょうか。

4ばん　　[106]

<ruby>急<rt>きゅう</rt></ruby>な<ruby>用事<rt>ようじ</rt></ruby>があります。<ruby>電話<rt>でんわ</rt></ruby>を<ruby>使<rt>つか</rt></ruby>いたいです。<ruby>何<rt>なん</rt></ruby>と<ruby>言<rt>い</rt></ruby>いますか。

1　<ruby>電話<rt>でんわ</rt></ruby>を<ruby>貸<rt>か</rt></ruby>してもらえませんか。
2　<ruby>電話<rt>でんわ</rt></ruby>を<ruby>借<rt>か</rt></ruby>りたほうがいいです。
3　<ruby>電話<rt>でんわ</rt></ruby>を<ruby>貸<rt>か</rt></ruby>してもいいですか。

5ばん　　[107]

コンサート<ruby>中<rt>ちゅう</rt></ruby>です。<ruby>隣<rt>となり</rt></ruby>の<ruby>人<rt>ひと</rt></ruby>の<ruby>声<rt>こえ</rt></ruby>がうるさいです。<ruby>何<rt>なん</rt></ruby>と<ruby>言<rt>い</rt></ruby>いますか。

1　<ruby>大<rt>おお</rt></ruby>きな<ruby>声<rt>こえ</rt></ruby>で<ruby>話<rt>はな</rt></ruby>してください。
2　<ruby>座<rt>すわ</rt></ruby>ってください。
3　<ruby>少<rt>すこ</rt></ruby>し<ruby>静<rt>しず</rt></ruby>かにしてください。

もんだい4　　P. 184　　[108]

もんだい4では、えなどが　ありません。まず　ぶんを　<ruby>聞<rt>き</rt></ruby>いて　ください。それから、そのへんじを　<ruby>聞<rt>き</rt></ruby>いて、1から3の　<ruby>中<rt>なか</rt></ruby>から、いちばん　いい　ものを　<ruby>一<rt>ひと</rt></ruby>つ　えらんで　ください。

れい

ジュースを<ruby>買<rt>か</rt></ruby>いに<ruby>行<rt>い</rt></ruby>きますけど、<ruby>何<rt>なに</rt></ruby>か<ruby>買<rt>か</rt></ruby>ってきましょうか。

1　ええ、いいですよ。
2　そうですか。おいしそうですね。
3　あ、コーヒー、お<ruby>願<rt>ねが</rt></ruby>いします。

1ばん　109

この中でどれが一番おいしいですか。

1　このケーキです。
2　本当においしいです。
3　ありがとうございます。

2ばん　110

パソコンは得意ですか。

1　じゃあ、山田さんに聞いてみます。
2　いいえ。苦手です。
3　はい。わたしのパソコンです。

3ばん　111

すみませんが、先に帰りますね。

1　お先に失礼します。
2　ちょっと熱があって。
3　はい。気をつけて帰ってください。

4ばん　112

最近、寒いですね。

1　はい。コートが必要ですね。
2　はい。かさを持ってきました。
3　それは大変ですね。

5ばん　113

この鉛筆、使ってもいいですか。

1　使ったことがありません。
2　どうぞ、使ってください。
3　いいえ、ペンを使います。

6ばん　114

先生はどの人ですか。

1　黒いめがねをかけた人です。
2　先生、おひさしぶりです。
3　はい。先生も行きます。

7ばん　115

すみません。明日は行けません。

1　それは残念です。
2　明日はちょっと。
3　では、３時に会いましょう。

8ばん　116

どうして食べませんか。

1　はい。いただきます。
2　お腹がすいていません。
3　食べるかもしれません。

JLPT N4 實戰模擬考題 第2回 解答

言語知識（文字・語彙） P.188

問題1　**1** ②　**2** ③　**3** ③　**4** ②　**5** ①　**6** ④　**7** ②　**8** ③　**9** ①

問題2　**10** ②　**11** ②　**12** ①　**13** ①　**14** ④　**15** ②

問題3　**16** ④　**17** ②　**18** ②　**19** ③　**20** ②　**21** ④　**22** ②　**23** ②　**24** ②　**25** ③

問題4　**26** ①　**27** ①　**28** ④　**29** ③　**30** ④

問題5　**31** ②　**32** ①　**33** ④　**34** ④　**35** ②

言語知識（文法）・讀解 P.198

問題1　**1** ②　**2** ②　**3** ①　**4** ③　**5** ②　**6** ④　**7** ③　**8** ④　**9** ③　**10** ③　**11** ①
　　　 12 ①　**13** ②　**14** ③　**15** ②

問題2　**16** ④　**17** ①　**18** ①　**19** ①　**20** ④

問題3　**21** ①　**22** ③　**23** ②　**24** ④　**25** ①

問題4　**26** ②　**27** ③　**28** ②　**29** ②

問題5　**30** ①　**31** ④　**32** ④　**33** ③

問題6　**34** ③　**35** ③

聽解 P.214

問題1　**1** ②　**2** ③　**3** ③　**4** ④　**5** ④　**6** ④　**7** ④　**8** ①

問題2　**1** ④　**2** ②　**3** ③　**4** ④　**5** ④　**6** ②　**7** ④

問題3　**1** ①　**2** ①　**3** ②　**4** ①　**5** ①

問題4　**1** ①　**2** ①　**3** ②　**4** ①　**5** ①　**6** ①　**7** ②　**8** ①

もんだい1　P. 214　🎧117

もんだい1では、まず　しつもんを　聞いて
ください。それから　話を　聞いて、もんだ
いようしの　1から4の　中から、いちばん
いい　ものを　一つ　えらんで　ください。

れい

男の人が女の人に電話をしています。男の人
は、何を買って帰りますか。

M　これから帰るけど、何か買って帰ろうか。
F　あ、ありがとう。えっとね、牛乳。それから。
M　ちょっと待って、牛乳は1本でいいの?
F　えっと、2本お願い。それから、チーズ。
M　あれ、チーズはまだたくさんあったよね。
F　ごめん、今日のお昼に全部食べたの。
M　分かった。じゃ、買って帰るね。

男の人は、何を買って帰りますか。

1ばん　🎧118

会社で男の人と女の人が話しています。男の
人はいつからいつまで休みますか。

F　田中さん、夏休みはどこか行きますか。
M　ええ、家族と旅行をするつもりです。
F　いつから行きますか。
M　8月の2日から4日間です。
F　あ、早いんですね。わたしは8月28日か
　　ら夏休みです。
M　そうですか。どこか行きますか。
F　いいえ、家でゆっくりします。

男の人はいつからいつまで休みますか。

2ばん　🎧119

女の子と母親が話しています。女の子はこれ
から何をしますか。

F1　何してるの?
F2　学校の宿題。漢字を10こずつ書くの。
F1　もうすぐピアノの先生が来る時間でしょう。
　　ピアノの練習はしたの?

F2　まだしてない。
F1　じゃあ、宿題はあとにして、先に練習した
　　ほうがいいわよ。
F2　うん、分かった。
F1　お母さん、ちょっと隣の家に行ってくるね。
F2　はい、いってらっしゃい。

女の子はこれから何をしますか。

3ばん　🎧120

女の人が父親と電話で話しています。女の人
は、何を持って行きますか。

F　もしもし。お父さん、どうしたの?
M　今、バス停にいるんだけどね。ちょっとた
　　のみが…。
F　あ、雨が降ってきたでしょう。かさ持って
　　る?
M　ああ、かさはいつもかばんに入ってるんだ。
　　そうじゃなくて、テーブルの上をちょっと
　　見てくれないか。
F　テーブルの上?封筒があるけど。
M　それ、今日の会議で使う書類なんだよ。
　　悪いけど、持ってきてくれないか。
F　分かった。ちょっと待ってね。薬飲んだら
　　すぐ行くね。

女の人は、何を持って行きますか。

4ばん　🎧121

女の人と男の人が話しています。女の人はど
んな服を着ていますか。

M　もしもし。今駅に着いたんですけど、どこ
　　にいますか?
F　駅前の交番の横にいます。
M　人が多いですね。見つけられるかなあ。
F　赤いコートを着ているから、すぐ分かると
　　思います。
M　コート…長いコートですか。
F　いいえ、短いコートです。
M　あ、黒い帽子をかぶってるあの人かなあ…。

F いいえ、帽子はかぶってないです。マフラーをしています。

M あ、いたいた。分かりました。今、行きますね。

F はい。

女の人はどんな服を着ていますか。

5ばん 122

会社で男の人と女の人が話しています。女の人はこれからまずどこへ行きますか。

M 先輩、午後にA社の部長のところに行くんですが、一緒に行ってもらえませんか。

F わたし銀行に行かなくちゃ行けないの。何時に約束？

M 2時です。

F うーん。ちょっと時間がないなあ。これから、第2会議室で会議もあるし。そのあと食堂でお昼を食べて、銀行に行くと…2時ぐらいになると思う。

M そうですか。じゃあ、今回はわたし一人で行きますね。

F そうしてもらえる？ごめんね。

女の人はこれからまずどこへ行きますか。

6ばん 123

男の人と女の人が話しています。明日は誰の誕生日ですか。

M 吉田さん、ずいぶんたくさん、買いましたね。何を作りますか？

F ああ、明日、誕生日だからいろいろとおいしいものを作りたいと思って。

M ケーキも自分で作れますか。すごいですね。

F いえいえ。娘がお菓子を作るのが得意なので、娘と一緒に作ります。

M 誰の誕生日ですか。息子さん？

F いいえ、主人です。

M そうですか。料理の上手な奥さんでうらやましいですね。

明日は誰の誕生日ですか。

7ばん 124

男の人と女の人が話しています。男の人は何で行きますか。

F どこ行くの？

M 新しくできた大きな本屋に行ってくる。

F 歩いて行くの？家の車、故障しちゃって、昨日修理にだしたところなのよ。

M え、そうなの。車で行こうと思ったんだけど。

F 電車で行ったら？

M うーん。天気もいいし、久しぶりに自転車に乗って行くよ。

F そう。気をつけてね。

男の人は何で行きますか。

8ばん 125

母親と息子が話しています。息子がまず、しなくてはいけないことは何ですか。

F まだ片付けてないの。早くしなさい。

M もうお腹すいた。ご飯のあとでしたらだめ？

F だめ。部屋をきれいにしてから、ご飯にしましょう。
それにご飯のあとは宿題をしなきゃいけないでしょう？

M え、ご飯のあとに見たいテレビがあるのに。

F 早く宿題をすれば見れるわよ。

M 分かったよ。

息子がまず、しなくてはいけないことは何ですか。

もんだい2 P. 219

もんだい2では、まず しつもんを 聞いて ください。そのあと、もんだいようしを 見て ください。読む 時間が あります。それから 話を 聞いて、もんだいようしの 1から4の 中から、いちばん いい ものを 一つ えらんで ください。

れい

女の人と男の人が話しています。女の人は、どうして引っ越しをしますか。

F 来週の日曜日、引っ越しを手伝ってくれない?

M いいけど、また引っ越すんだね。部屋が狭いの?

F ううん。部屋の大きさも場所も問題ないんだけど、建物が古くて嫌なんだ。最近、近所の人と友だちになったから、残念なんだけど。

M そうなんだ。

女の人は、どうして引っ越しをしますか。

1ばん

男の人と女の人が話しています。女の人はどんな仕事を探していますか。

M 何を見ていますか。

F 仕事の紹介です。

M 仕事を探していますか。へえ、たくさんの仕事がありますね。

F ホテルの受付の仕事が多いです。この町は観光客が多いので。

M なるほど。あとは病院の仕事も多いですね。看護師とか。田中さんは今までずっと事務の仕事をしていましたよね。

F はい。今度はレストランやカフェで料理をする仕事を探しています。

M そうですか。全然違う仕事ですね。

F ええ。いつかカフェをやりたいと思っているんです。

M そうですか。いい仕事が見つかるといいですね。

女の人はどんな仕事を探していますか。

2ばん

男の人と女の人が話しています。男の人はどの本を買いますか。

M 本がたくさんありますね。

F ええ、ここはこの町で一番大きな本屋です。ほら、山田さんの好きな車の本がこんなにたくさんありますよ。どれを買いますか。

M いえ、今日は車の本ではなくて、動物の本を買いにきました。

F 動物ですか。

M はい。最近、興味があるんです。あ、ここにたくさんありますね。魚の本もこんなにあるんですね。今度、買おうかな。

F じゃあ、わたしは辞書を買うので、あちらにいますね。

M 分かりました。選んだらそちらに行きますね。

男の人はどの本を買いますか。

3ばん

女の人と男の人が話しています。女の人はいつまで日本にいますか。

M ヤンさん、ホテルの近くに観光客に人気のあるレストランがあります。行きましたか。

F いいえ。まだです。13日に日本に来たばかりですから。

M え、おととい来たんですか。

F はい。

M じゃあ、来週一緒に行きましょうか。18日の火曜日はどうですか。

F わたし、18日に帰るんです。

M えっ。そうですか。じゃあ、17日の月曜日は？
F 16日はだめですか。
M その日はレストランが休みなんです。
F そうですか。じゃあ、月曜日に行きましょう。

女の人はいつまで日本にいますか。

男の人と女の人が話しています。女の人が住んでいるところはどんな天気ですか。

M 今日はとても晴れていますよ。
F そうですか。ここは雨が降るそうです。
M もう降っていますか。
F いいえ。曇っていますが、まだ降ってはいません。そちらは寒いですか。
M いいえ。風は強いですが、暖かいです。
F そうですか。いいですね。こちらは来週には雪が降るそうです。
M そうですか。まだ11月なのに雪が降るんですね。
F ええ。雪が降る前に暖かい服を買いに行かなくちゃ。

女の人が住んでいるところはどんな天気ですか。

女の人と男の人が話しています。二人はいつ出発しますか。

M 何時ごろ出発しようか。
F 朝早く出発したほうがいいよね。
M うーん。それより、夜の船に乗って船の中で1泊するほうがいいと思うよ。
F ああ、なるほど。それだと、何時ごろ到着するの？
M 11時ごろかな。
F じゃあ、着いてからすぐお昼ご飯を食べて、旅館に行こうか。

M そうだね。夕方までは旅館でゆっくりしよう。
F そうね。

二人はいつ出発しますか。

男の人と女の人が話しています。男の人は明日学校で何をしますか。

F 明日、一緒に映画を見に行かない？
M 明日は学校に行くんだ。
F どうして？授業はないでしょう？サークルの練習？
M ちょっと調べたいことがあって。学校の図書館なら探している本があるかもしれないから。
F そう。何時ごろ終わりそう？
M うーん、はっきりした時間は分からないな。
F じゃあ、わたしも学校にいるから終わったら電話して。月曜日までに出さなきゃいけないレポートがあるから、それを書きながら待ってる。
M 分かった。連絡するね。
F うん。

男の人は明日学校で何をしますか。

娘が母親に電話をしています。娘は旅行にどんなバッグを持って行きますか。

F1 もしもし、お母さん？わたしだけど、来週の旅行に持って行くバッグを借りたいんだけど。ほら、お母さんが去年買ったバッグあるでしょう。
F2 ああ、あの青いのね。
F1 ううん、青いのじゃなくて、黒いの。この間の旅行にも持って行ったじゃない。
F2 大きい旅行かばん？
F1 大きい旅行かばんじゃなくて、お財布とケータイが入るぐらいの小さいバッグよ。

F2 ああ、あれね。どこにしまったかな。探しておくね。

F1 うん。お願い。

娘は旅行にどんなバッグを持って行きますか。

もんだい3　P.224 🎧134

もんだい3では、えを　見ながら　しつもんを　聞いて　ください。➡（やじるし）の　人は　何と　言いますか。1から3の　中から、いちばん　いい　ものを　一つ　えらんで　ください。

れい

レストランでお店の人を呼びます。何と言いますか。

1　いらっしゃいませ。

2　失礼しました。

3　すみません。

1ばん　🎧135

雨が降っています。先輩にかさを貸したいです。何と言いますか。

1　かさを貸しましょうか。

2　かさを貸すつもりです。

3　かさを貸してみませんか。

2ばん　🎧136

映画に行こうと言われましたが、時間がありません。何と言いますか。

1　すみません。用事があります。

2　すみません。映画に行きます。

3　すみません。調子が悪いです。

3ばん　🎧137

友だちがせきをしています。薬をあげたいです。何と言いますか。

1　この薬をあげませんか。

2　この薬を飲みませんか。

3　この薬を飲むかもしれません。

4ばん　🎧138

コピーをしたいです。使い方が分かりません。何と言いますか。

1　コピーの仕方を教えてください。

2　コピーの仕方を教えたらどうですか。

3　コピーの仕方を教えましょう。

5ばん　🎧139

カフェにいます。タバコが吸えるかどうかしりたいです。何と言いますか。

1　ここでタバコを吸ってもいいですか。

2　ここでタバコを吸いますか。

3　ここでタバコを吸いましょうか。

もんだい4　P. 228　🎧140

もんだい4では、えなどが　ありません。ま
ず　ぶんを　聞いて　ください。それから、
そのへんじを　聞いて、1から3の　中から、
いちばん　いい　ものを　一つ　えらんで
ください。

れい

ジュースを買いに行きますけど、何か買って
きましょうか。

1　ええ、いいですよ。

2　そうですか。おいしそうですね。

3　あ、コーヒー、お願いします。

1ばん　🎧141

ここで、飲み物を飲んでもいいですか。

1　飲み物は外で飲んでください。

2　どうぞ、食べてください。

3　ありがとう。いただきます。

2ばん　🎧142

雨が降っていますね。かさはありますか。

1　忘れてしまいました。

2　雪が降ることもあります。

3　週に1回です。

3ばん　🎧143

お腹がすいたので、何か食べませんか。

1　とてもおいしいです。

2　はい、食堂に行きましょう。

3　どういたしまして。

4ばん　🎧144

どこで散歩をしましょうか。

1　川の近くはどうですか。

2　いいですね。行きましょう。

3　わたしもしてみたいです。

5ばん　🎧145

高校を卒業したらどうしますか。

1　大学に行きます。

2　今年卒業します。

3　高校は楽しかったです。

6ばん　🎧146

明日、4時にここで会うのはどうですか。

1　4時半ではだめですか。

2　いいですよ。何時にしましょうか。

3　そうですか。心配ですね。

7ばん　🎧147

次の授業はどの先生ですか。

1　いいえ、先生はまだです。

2　山田先生ですよ。

3　はい、そうです。

8ばん　🎧148

疲れましたね。少し休みましょうか。

1　じゃあ、あの喫茶店に入りましょう。

2　はい、おやすみなさい。

3　もう3日も休んでいます。

言語知識（文字・語彙）P. 232

問題1　**1** ④　**2** ④　**3** ①　**4** ②　**5** ①　**6** ④　**7** ②　**8** ③　**9** ③

問題2　**10** ④　**11** ②　**12** ③　**13** ①　**14** ③　**15** ②

問題3　**16** ④　**17** ③　**18** ④　**19** ④　**20** ①　**21** ③　**22** ④　**23** ②　**24** ③　**25** ④

問題4　**26** ③　**27** ①　**28** ②　**29** ①　**30** ②

問題5　**31** ②　**32** ②　**33** ①　**34** ②　**35** ④

言語知識（文法）・讀解 P. 242

問題1　**1** ②　**2** ①　**3** ①　**4** ④　**5** ③　**6** ②　**7** ②　**8** ③　**9** ②　**10** ③　**11** ①
　　　　12 ①　**13** ①　**14** ④　**15** ③

問題2　**16** ④　**17** ①　**18** ③　**19** ④　**20** ②

問題3　**21** ①　**22** ①　**23** ④　**24** ③　**25** ②

問題4　**26** ④　**27** ④　**28** ②　**29** ③

問題5　**30** ③　**31** ①　**32** ①　**33** ③

問題6　**34** ①　**35** ②

聽解 P. 258

問題1　**1** ④　**2** ③　**3** ③　**4** ④　**5** ①　**6** ③　**7** ③　**8** ④

問題2　**1** ②　**2** ②　**3** ③　**4** ③　**5** ②　**6** ②　**7** ①

問題3　**1** ①　**2** ②　**3** ②　**4** ①　**5** ①

問題4　**1** ②　**2** ②　**3** ②　**4** ②　**5** ①　**6** ①　**7** ③　**8** ①

もんだい1　P. 258

P. 258

149

もんだい1では、まず しつもんを 聞いて ください。それから 話を 聞いて、もんだいようしの 1から4の 中から、いちばん いい ものを 一つ えらんで ください。

れい

男の人が女の人に電話をしています。男の人は、何を買って帰りますか。

M これから帰るけど、何か買って帰ろうか。

F あ、ありがとう。えっとね、牛乳。それから。

M ちょっと待って、牛乳は1本でいいの?

F えっと、2本お願い。それから、チーズ。

M あれ、チーズはまだたくさんあったよね。

F ごめん、今日のお昼に全部食べたの。

M 分かった。じゃ、買って帰るね。

男の人は、何を買って帰りますか。

1ばん

150

女の人と男の人が話しています。女の人は誰と行きますか。

M この前、課長に映画のチケットをもらったでしょう。もう見ましたか。

F いいえ、まだです。2枚もらったんですけど、なかなか一緒に行く人が見つからなかったんですよ。

M 何という映画ですか。

F 「春の日」という映画です。

M ああ、見ました。いい映画ですよ。

F ええ、だから母に聞いてみたんですが、時間が合わなくて。

M ああ、お母さんも仕事しているから忙しいでしょうね。

F ええ。私は家族と一緒に見たかったので、妹と姉にも聞いたんです。でも、妹は興味がなくて、姉も旅行に行くからだめだと言うんです。それで結局、大学の時の友だちと行くことにしたんです。

女の人は誰と行きますか。

2ばん

151

会社で男の人と女の人が話しています。この後、机の上に本は何冊ありますか。

F 山田さん、これ、この間借りた本です。ありがとうございました。

M もう3冊全部読んだの。早いね。机の上においといて。

F はい。おもしろくて、すぐに読んでしまいました。あれ、机の上に本が2冊ありますけど、これも山田さんのですか。

M そう。課長に貸した本、今日返してもらったんだ。読んでいいよ。

F 本当ですか。じゃあ、これ、1冊だけ借りますね。ありがとうございます。

M いいえ。

この後、机の上に本は何冊ありますか。

3ばん

152

女の人と男の人が話しています。女の人の試験は何時までですか。

M 今日は試験の日ですね。

F はい。緊張します。

M そろそろ12時だから、お昼を食べに行きませんか。

F うーん。どうしようかな。試験が12時40分からなんですよ。

M じゃあ、終わってから食べましょうか。何時に終わりますか。

F 2時ぐらいかな。

M 遅いですね。お腹がすいたら、試験もうまくいかないと思いますよ。

F でも、少し勉強したいので…。やっぱり、あとで食べます。

M じゃあ、2時10分ごろ喫茶店で待ってますね。

F はい。

女の人の試験は何時までですか。

男の人が店で注文しています。男の人は何を食べますか。

F ご注文は何になさいますか。

M この店で人気のメニューは何ですか。

F そうですね。そばも人気ですし、てんぷらもおいしいですよ。

M 両方いっしょに食べられるメニューはないですか。

F あります。こちらのてんぷらそばセットです。あと、すしとてんぷらのセットもあります。

M ああ、すしもいいですね。じゃあ、そのセットにします。

F はい。

男の人は何を食べますか。

母親と息子が話しています。息子はこのあと何をしますか。

M お母さん、今日は寒いね。

F 本当ね。ピクニックもこの天気じゃ、ちょっと無理かな。

M えー、約束したのに。僕、行きたい。

F でも寒いでしょう? 風邪ひいちゃうわよ。そうだ。デパートに行く? おもちゃ買ってあげる。

M いらない。サッカーがしたい。

F じゃあ、家の中でサッカーのゲームしようか。

M ゲームじゃなくて…。家の中は狭いから走れないでしょ。僕、寒くても大丈夫だから。

F 分かった。じゃあ、暖かい服を着て行きましょうね。

息子はこのあと何をしますか。

会社で女の人と男の人が話しています。女の人はこれからまず何をしますか。

F お客さまがいらっしゃいました。

M もういらっしゃったんですか。僕、挨拶をしてきます。

F はい。わたしはお茶をいれますね。

M あ、今日のお客さまはお茶が好きじゃないので、コーヒーをお願いします。

F 分かりました。コーヒーといっしょに食べるお菓子を買って来ましょうか。

M いいえ。今朝、駅前のお店で買っておきました。

F そうですか。

M じゃあ、よろしくお願いします。

F はい。

女の人はこれからまず何をしますか。

会社で男の人と女の課長が話しています。男の人はまず何をしなければなりませんか。

F 来週の出張の準備はできていますか。

M あ、課長。飛行機のチケットは今予約しました。3時の飛行機を取りました。

F ありがとう。ホテルは予約しましたか?

M これからです。いつものホテルを取るつもりですが。

F うーん。ホテルを予約する前にもっといいホテルがないかどうか、調べてください。今回は社長も一緒だから、少しいいホテルにしましょう。

M 分かりました。じゃあ、後で課長に報告します。

F よろしくお願いします。

男の人はまず何をしなければなりませんか。

8ばん 🎧157

学校で先生が学生に話しています。学生は金曜日の授業をどこで受けますか。

M みなさん、金曜日の授業の教室について説明します。今まではここ、東館の3階の３０２教室でしていましたが、ほかの先生がこの教室を使うことになったので、わたしたちはもう少し小さい教室に移動します。新しい教室は南館の2階の２０４教室です。南館は国際交流会館の横のたてものです。間違えないで来てください。

学生は金曜日の授業をどこで受けますか。

もんだい2　P. 263　🎧158

もんだい2では、まず　しつもんを　聞いてください。そのあと、もんだいようしを　見て　ください。読む　時間が　あります。それから　話を　聞いて、もんだいようしの　1から4の　中から、いちばん　いい　ものを　一つ　えらんで　ください。

れい

女の人と男の人が話しています。女の人は、どうして引っ越しをしますか。

F 来週の日曜日、引っ越しを手伝ってくれない？

M いいけど、また引っ越すんだね。部屋が狭いの？

F ううん。部屋の大きさも場所も問題ないんだけど、建物が古くて嫌なんだ。最近、近所の人と友だちになったから、残念なんだけど。

M そうなんだ。

女の人は、どうして引っ越しをしますか。

1ばん　🎧159

会社で女の人と男の人が話しています。女の人はどこに行ってきましたか。

M あ、川田さん、探しましたよ。

F 何か用事でしたか。

M ええ、すみませんが、これを郵便局に出してきてください。

F わたし、郵便局の隣の銀行に行ってきたところなんですよ。

M そうでしたか。帰ってきたばかりですみませんが、お願いします。

F じゃあ、帰りにコンビニでお昼ご飯を買ってきてもいいですか。

M どうぞ。

女の人はどこに行ってきましたか。

2ばん　🎧160

男の人と女の人が話しています。男の人は週末に何をしましたか。

F 週末はどこか行きましたか。

M いいえ、家にいましたよ。

F そうですか。毎日遅くまで仕事をしているから、疲れてるんですね。

M いや、高校のときの友だちが久しぶりに家に来たんです。１０年ぶりでね、たくさん話をしました。

F そうですか。わたしもこの間久しぶりに高校に行きましたが、変わってなかったです。

M 時間のたつのは早いですね。

F そうですね。

男の人は週末に何をしましたか。

N4

聴解　◆　第三回

3ばん

女の人が話しています。女の人が一番うれしかったことは何ですか。

F 今年もあと少しです。うれしかったことも、悲しかったことも、いろいろありましたが、ずっと行きたかったイギリスに行けたことは特にうれしかったです。また、友だちが遠くに引っ越してしまったことは悲しかったですが、今度会う約束をしているので楽しみにしています。あとは、弟が結婚しました。ずっと心配していたので、それが今年一番うれしかったできごとです。来年は入院している祖父が元気になるといいと思います。

女の人が一番うれしかったことは何ですか。

4ばん

男の人と女の人が話しています。男の人がしたいスポーツは何ですか。

F 田中さんはスポーツが好きですよね。

M ええ、学生のころからずっとサッカーをってますし、最近はテニスも始めました。

F そうですか。わたしは運動が苦手です。野球をテレビで見るのは大好きなんですが。

M 冬になったら、スキーに行くつもりです。

F へえ、スキーも上手なんですか。

M いいえ、まだやったことなくて、今年の冬は必ずしてみたいです。一緒にどうですか。

F うーん、わたしはちょっと…。

男の人がしたいスポーツは何ですか。

5ばん

男の人が留守番電話にメッセージを入れています。男の人はいつのチケットを予約しましたか。

M チケット、予約しておきました。山田さんの言っていた26日、27日、29日のうち、29日の月曜日は仕事が遅くなりそうなので、27日の土曜日にしました。金曜日は、もういい席が残っていなかったのでやめました。時間は朝10時からと、午後1時からがありましたが、10時は少し早いので、1時に予約しました。チケット代は2800円です。メッセージを聞いたら、電話をください。待っています。

男の人はいつのチケットを予約しましたか。

6ばん

会社で男の人と女の人が話しています。男の人はどうして困っていますか。

M 困ったなあ。

F どうしましたか。

M これから会議に行かなければならないんですが、雪が降ってきましたね。

F 本当ですね。かさはありますか。よかったら貸しましょうか。

M かさは持っていますけど、この雪で電車が止まっているそうですよ。困ったなあ。

F バスで行ったらどうですか。

M バスで行ったら、きっと遅刻すると思います。

F 電話をして会議の日を変えてもらうことはできませんか。

M そうですね。この雪では仕方ないですから、電話してみます。

男の人はどうして困っていますか。

7ばん

歯医者で男の人と女の人が話しています。女の人はいつ歯医者に行きますか。

M 次の予約ですが、いつがよろしいですか。

F えーと、水曜日と日曜日以外ならいつでも大丈夫です。

M では、火曜日と金曜日のどちらがよろしい
　です。
F じゃあ、火曜日でお願いします。
M 時間は何時ごろにしましょうか。
F そうですね、午後がいいんですが。
M 少々お待ちくださいね。えーと、2時と2
　時半が空いていますが。
F じゃあ、2時でお願いします。
M はい。では、来週お待ちしております。

女の人はいつ歯医者に行きますか。

もんだい3　P.268　

もんだい3では、えを　見ながら　しつも
んを　聞いて　ください。➡（やじるし）の
人は　何と　言いますか。1から3の　中か
ら、いちばん　いい　ものを　一つ　えらん
で　ください。

れい

**レストランでお店の人を呼びます。何と言い
ますか。**

1　いらっしゃいませ。
2　失礼しました。
3　すみません。

1ばん　166

友だちが元気がありません。何と言いますか。

1　元気を出してね。
2　元気でね。
3　お元気ですか。

2ばん　168

**お金が足りません。友だちに借りたいです。
何と言いますか。**

1　このお金、返すね。
2　ちょっとお金貸して。
3　少し、お金借りて。

3ばん　169

**スーパーで袋をくれましたが、いりません。
何と言いますか。**

1　袋を使わないでください。
2　袋はけっこうです。
3　袋を使ったことがありません。

4ばん　170

**もらった服が小さくて着られません。何と言
いますか。**

1　この服、わたしには小さいです。
2　この服、あまり気に入りません。
3　この服、着ないそうです。

5ばん　171

**プレゼントをもらいました。中を見たいです。
何と言いますか。**

1　開けてもいいですか。
2　中を見ませんか。
3　開けるよていです。

もんだい4　P.272　172

もんだい4では、えなどが　ありません。ま
ず　ぶんを　聞いて　ください。それから、
そのへんじを　聞いて、1から3の　中から、
いちばん　いい　ものを　一つ　えらんで
ください。

れい

**ジュースを買いに行きますけど、何か買ってき
ましょうか。**

1　ええ、いいですよ。
2　そうですか。おいしそうですね。
3　あ、コーヒー、お願いします。

1ばん　[173]

暗<ruby>く<rt>くら</rt></ruby>なってきましたね。

1　エアコンをつけましょうか。

2　そうですね。電気<rt>でんき</rt>をつけましょう。

3　もうすぐ３０歳<rt>さい</rt>です。

2ばん　[174]

明日<rt>あした</rt>、ネクタイをしなくてもいいですか。

1　はい。背<rt>せ</rt>が高<rt>たか</rt>いですね。

2　いいえ。必<rt>かなら</rt>ずしてください。

3　じゃあ、明日<rt>あした</rt>までにしてください。

3ばん　[175]

家<rt>いえ</rt>の後<rt>うし</rt>ろには何<rt>なに</rt>がありますか。

1　だれもいません。

2　スーパーがあります。

3　ちょっと、用事<rt>ようじ</rt>があります。

4ばん　[176]

兄弟<rt>きょうだい</rt>は何人<rt>なんにん</rt>いますか。

1　男<rt>おとこ</rt>です。

2　３人<rt>にん</rt>です。

3　大学<rt>だいがく</rt>１年生<rt>ねんせい</rt>です。

5ばん　[177]

すみませんが、少<rt>すこ</rt>し遅刻<rt>ちこく</rt>します。

1　分<rt>わ</rt>かりました。着<rt>つ</rt>いたら電話<rt>でんわ</rt>ください。

2　遅<rt>おそ</rt>くなってすみませんでした。

3　事故<rt>じこ</rt>があったんです。

6ばん　[178]

昨日<rt>きのう</rt>うるさかったでしょう。眠<rt>ねむ</rt>れましたか。

1　はい。ぐっすり寝<rt>ね</rt>ました。

2　大<rt>おお</rt>きな声<rt>こえ</rt>を出<rt>だ</rt>して、すみません。

3　ゆっくり休<rt>やす</rt>んでください。

7ばん　[179]

このくつはだれのですか。

1　昨日<rt>きのう</rt>くつを買<rt>か</rt>いました。

2　少<rt>すこ</rt>し、小<rt>ちい</rt>さいですね。

3　わたしの母<rt>はは</rt>のものです。

8ばん　[180]

どうしてめがねを買<rt>か</rt>いましたか。

1　最近<rt>さいきん</rt>、目<rt>め</rt>が悪<rt>わる</rt>くなってしまって。

2　ずっと食<rt>た</rt>べたかったんです。

3　よく似合<rt>にあ</rt>いますね。

N5第1回

在問題1中，請先聆聽問題。接著根據對話，從試卷中的1到4選項中選出一個最合適的答案。

範例

老師在課堂上說話。學生今天在家裡要讀哪裡？

F：那麼，今天到20頁結束，21頁就當作今天的家庭作業。

M：全部嗎？

F：不是，21頁的第1題就好，第2題在課堂上寫。

學生今天在家裡要讀哪裡？

1題

男人和女人在對話。女人選擇吃什麼？

F：有好多水果喔。

M：我想吃葡萄。田中小姐呢？

F：那我吃蘋果。

M：多選幾種也沒關係喔。

F：這樣啊，那麼，我還要橘子。

女人選擇吃什麼？

2題

女人和男人在對話。女人拿了哪一個箱子呢？

M：不好意思，請幫我拿一下那一個箱子。

F：哪一個箱子呢？

M：架子上最下面的那個箱子。那裡擺了兩個，請給我上方的那一個。

F：請稍等一下。是這個嗎？

M：是的，沒錯。

女人拿了哪一個箱子？

3題

男人和女人在對話。女人做了什麼呢？再次強調，是女人。

F：房間裡好暗，而且有點好熱。

M：對啊。把電燈打開吧？

F：麻煩你了。我來打開窗戶。

M：好的。

女人要做什麼？

4題

女人和男人在對話。女人要怎麼去呢？

M：明天3點半在電影院前面會合吧！

F：到電影院要搭幾號公車呢？

M：沒有公車會到耶。

F：這樣啊。那麼，搭計程車去好了。

M：搭我的車一起去好嗎？

F：真的嗎？好高興！

女人要怎麼去？

5題

學生和老師在學校對話。學生這個週末打算做什麼呢？

M：老師，週末您要做甚麼呢？

F：我打算要打掃。平常都沒時間。田中同學呢？

M：我一般都會去看電影，不過這個週末我要看書。

F：是要用功學習嗎？

M：不是，是要看一本很有趣的書。下次借給老師看。

F：謝謝你。

學生這個週末要做什麼？

翻譯
第一回

309

6題

女人和男人在對話。女人會幾點前往呢？

M：今天大家要去吃飯，妳要不要一起去呢？

F：好啊。幾點會合呢？

M：6點30分在餐廳的前面會合。

F：我得要工作到7點為止，所以會比大家晚1個小時到。

M：了解了。

女人幾點會前往呢？

7題

男人和女人在大學裡對話。男人要先去哪裡？

F：你怎麼了嗎？

M：我的錢掉了。

F：喔？掉在學校嗎？

M：不是。我剛剛去銀行，然後到郵局去寄東西，我想是在那裡掉的。

F：去一趟派出所比較好喔。

M：是啊。去派出所之前，我先到郵局看看吧。

F：嗯。

男人要先去哪裡？

問題2 P. 275

在問題2中，請先聆聽問題。接著依據對話，從試卷中的1到4選項中選出一個最合適的答案。

範例

男人和女人在對話。男人昨天去了哪裡呢？再次強調，是男人。

M：山田小姐，妳昨天有去了哪裡嗎？

F：我去了圖書館。

M：是車站附近的圖書館嗎？

F：是的。

M：我昨天到山川百貨買東西了。

F：咦，我昨天晚上到山川百貨的餐廳吃飯呢。

M：這樣啊。

男人昨天去了哪裡呢？

1題

女人和男人在說話。女人在南方公園做了什麼？

M：昨天我跟家人一起去了南方公園。

F：去賞花嗎？

M：是啊。真的好漂亮。好多人在那裡散步。

F：我也跟公司的人一起到南方公園去了。

M：咦，真的啊？

F：是啊。去公園打掃環境。

女人在南方公園做了什麼？

2題

男人和女人在說話。男人為什麼不去呢？

F：田中先生要不要一起去美術館呢？

M：現在去嗎？

F：是啊。就在山田小姐舉辦結婚宴會的大樓旁。

M：不好意思，我現在正發高燒，沒辦法去。

F：這樣啊。真可惜。

男人為什麼不去呢？

3題

女人和男人在學校裡對話。女人為什麼不到餐廳吃呢？

M：就快12點了耶。要不要到餐廳去吃午餐？今天是我喜歡的咖哩。

F：我去買麵包和牛奶吃。雖然我喜歡咖哩，可是餐廳的咖哩不好吃。

M：這樣啊。

女人為什麼不到餐廳吃呢？

4題

男人和女人在對話。男人跟誰住在一起？

F：誰在煮飯啊？

M：媽媽不在，所以是爸爸在煮。

F：您的父親很會作菜嗎？

M：是啊。工作忙碌的時候，住在遠地的祖母偶爾會過來。

F：這樣啊。

男人跟誰住在一起？

5題

女人和男人在對話。女人來日本做什麼呢？

M：您是外國人嗎？

F：是的。我是從美國來的。

M：來日本旅行的嗎？

F：我的妹妹在日本的公司上班。我來找我的妹妹。

M：這樣啊。您的日文說得真好。

F：來之前稍微學了一下。

女人來日本做什麼呢？

6題

男大生和女大生在對話。男大生搭乘的交通工具是什麼？

F：暑假去哪裡了？

M：我回家去了。從這裡開車到我家要4個鐘頭。

F：好遠喔。

M：搭飛機的話就很近了，不過還是搭火車或客運比較方便。

F：那你是搭客運回去的嗎？還是搭火車回去的呢？

M：搭客運。明年要搭火車回去。

男大生搭乘的交通工具是什麼？

問題3　P. 276

在問題3中，請邊看圖邊聽題目。→（箭頭）所指的人該說什麼呢？請從1到3選項中選出一個最合適的答案。

範例

在餐廳裡請服務生過來。該說什麼呢？

1. 歡迎光臨。　　　3. 不好意思。
2. 打擾了。

1題

接下來要用餐了。該說什麼呢？

1. 我吃飽了。　　　3. 我開動了。
2. 好好吃喔。

2題

比約定的時間晚到。要跟老師說什麼呢？

1. 不好意思我遲到了。
2. 我現在要過去了。
3. 請答應我。

3題

想要一起吃午餐。該說什麼呢？

1. 請吃午餐。
2. 要不要一起吃呢？
3. 吃咖哩好嗎？

4題

朋友的臉色看起來不太好。該說什麼呢？

1. 不要緊吧？
2. 一直以來很謝謝你。
3. 頭好痛。

5題

想要知道歌名。該說什麼呢？

1. 你唱歌唱得好嗎？
2. 這首歌的歌名是什麼？
3. 你的名字是？

問題4　P. 277

問題4沒有圖之類的提示，請根據對話，從1到3選項中選出一個最合適的答案。

範例

您來自哪一個國家？

1. 那邊。　　　　3. 房間。
2. 美國。

1題

等我一下。

1. 嗯，我在這裡等。
2. 這個，很重耶。
3. 馬上就過去。

2題

你寫完功課了嗎？

1. 不，還沒。
2. 家庭作業是第23頁。
3. 有點小耶。

3題

早上幾點起床的呢？

1. 一直賴床。　　　3. 7點左右。
2. 好早喔。

4題

今天是幾月幾號呢？

1. 即將進入第4天了。
2. 5月10日。
3. 明天也可以。

5題

醫院在哪裡呢？

1. 那一棟大樓。　　　3. 沒關係的。
2. 書架上。

6題

要吃哪一種水果？

1. 是啊，我非常喜歡。
2. 橘子比較好吃。
3. 我想想，那吃蘋果好了。

N5第2回

問題1　P. 279

在問題1中，請先聆聽問題。接著根據對話，從試卷中的1到4選項中選出一個最合適的答案。

範例

老師在課堂上說話。學生今天在家裡要讀哪裡？

F：那麼，今天到20頁結束，21頁就當作今天的家庭作業。

M：全部嗎？

F：不是，21頁的第1題就好，第2題在課堂上寫。

學生今天在家裡要讀哪裡？

1題

男人和女人在對話。女人是哪一個？

M：這是誰啊？

F：那是小時候的我。

M：咦，這個，不是個小男孩嗎？頭髮好短喔。

F：是啊。那時候我總是穿褲子，個子也很高。

M：但是，好可愛喔。

F：謝謝你。

女人是哪一個？

2題

女人和男人在對話。男人打算把車停在哪裡？

M：我到妳家附近了，車子可以停在哪裡呢？

F：我家旁邊停著我爸爸的車，所以請找別的地方停吧。

M：那就停在家門口吧？

F：這樣啊。只停一下子所以我想應該不要緊。

M：了解了。

男人打算把車停在哪裡？

3題

男人和女人在對話。女人要喝什麼？

M：歡迎光臨。請坐。

F：打擾了。

M：要喝冰咖啡嗎？啊，也有啤酒喔。

F：不好意思，因為我是開車過來的，有茶嗎？

M：沒有茶耶。喝果汁好嗎？

F：好的。謝謝你。

女人要喝什麼？

4題

女人和男人在對話。男人明天要怎麼做？

M：那麼，我明天1點到妳家去喔。

F：好的。首先，請搭乘電車到山川車站。

M：然後在那裡轉乘公車對吧？

F：是的。請搭3號公車，在山川中學前下車，然後請打個電話給我。

M：了解了。

男人明天要怎麼做？

5題

女人和男人在對話。女人要做什麼呢？

M：我有事情想麻煩妳。

F：什麼事呢？

M：我想買禮物給媽媽。妳可以幫我嗎？

F：可以啊。一起去吧。

M：謝謝妳。

女人要做什麼呢？

6題

女人和男人在對話。男人要買哪一個？

M：這個好便宜喔，才1,000日圓。

F：但是，有點短耶。這個怎麼樣？

M：8,000日圓啊？便宜一點的比較好。有3,000日圓左右的嗎？

F：這個怎麼樣？雖然是4,200日圓，但是很溫暖喔。

M：那麼，就買這個吧。

男人要買哪一個？

7題

男人和女人在對話。男人要洗什麼？

F：喂喂，我應該會稍微晚一點到喔。

M：是喔。我把盤子都洗好了，襪子也會洗一下。

F：不用洗。襪子我還有很多。可以幫我洗手帕嗎？

M：知道了。回家路上小心。

F：嗯。

男人要洗什麼？

N5

翻譯

第二回

313

問題2　P.280

在問題2中，請先聆聽問題。接著根據對話，從試卷中的1到4選項中選出一個最合適的答案。

範例

男人和女人在對話。男人昨天去了哪裡呢？再次強調，是男人。

M：山田小姐，妳昨天有去了哪裡嗎？

F：我去了圖書館。

M：是車站附近的圖書館嗎？

F：是的。

M：我昨天到山川百貨買東西了。

F：咦，我昨天晚上到山川百貨的餐廳吃飯呢。

M：這樣啊。

男人昨天去了哪裡呢？

1題

女人和男人在對話。女人的朋友有幾位會來？再次強調，是女人的朋友。

M：今天有幾位客人會來呢？

F：我的朋友有3位。

M：我的朋友則是4位，那總共有7位。

F：啊，不對，山田小姐也會來，所以有8位。

M：妳說的山田小姐，是高中時的朋友？

F：嗯。我會多作點菜的。

M：嗯。麻煩妳了。

女人的朋友有幾位會來？

2題

男人和女人在對話。男人是從什麼時候開始工作的？

F：你在這裡工作多久了？

M：我是22歲的時候開始讀書，25歲進來這裡工作。

F：那麼，已經快滿10年了呢。

M：是啊。我打算在這裡作到40歲。

F：在那之後，你想作什麼呢？

M：到我父親開的公司工作。

男人是從什麼時候開始工作的？

3題

女孩在跟爸爸對話。女孩為什麼不看書呢？

M：多看點書比較好喔！妳的時間很多不是嗎？

F：但是，好難喔。

M：裡頭都沒有漢字所以應該很容易啊，平假名妳都認得吧？

F：是都認得，但是片假名我就不懂了。

M：這樣啊，那麼，我們一起看吧。

女孩為什麼不看書呢？

4題

男孩跟媽媽在對話。男孩為什麼討厭星期天？

F：明天是禮拜天你很開心吧？

M：不開心啊。我討厭星期天。

F：為什麼？你爸爸會在家不是嗎？

M：但是，媽媽你得要去工作。

F：對不起，我沒辦法在家。我會早點回來的。

M：嗯。

男孩為什麼討厭星期天？

5題

女人和男人在對話。女人所做的是什麼工作？

M：新的兼差工作如何？

F：做得很開心。平時就倒到茶、保持桌面的整潔。

M：有需要用到電腦處理的事情嗎？

F：沒有。但是電腦壞掉的時候，我會打電話給維修的人。

女人所做的是什麼工作？

6題

男人和女人在對話。男人在3點的時候做了什麼？

F：昨天3點左右我打了電話給你，但你沒接。

M：不好意思，我不知道。昨天12點我跟朋友碰面後就去踢足球了，然後去吃了個午餐。2點到5點之間則是在咖啡廳聊天。

F：這樣啊。我還想說你是睡著了呢。

M：不好意思。

男人在3點的時候做了什麼？

問題3　P.281

在問題3中，請邊看圖邊聽題目。→（箭頭）所指的人該說什麼呢？請從1到3選項中選出一個最合適的答案。

範例

在餐廳裡請服務生過來。該說什麼呢？
1. 歡迎光臨。　　　3. 不好意思。
2. 打擾了。

1題

想更改約好的時間，該說什麼呢？
1. 請把約定的時間改成明天。
2. 那麼，我等你。
3. 不是1點，約2點可以嗎？

2題

沒能接到電話，該對朋友說什麼呢？
1. 真抱歉沒接到你的來電。
2. 來打電話吧。
3. 喂喂。

3題

對於在圖書館吵鬧的人，該說什麼呢？
1. 請大聲一點。
2. 我聽不清楚。
3. 請安靜一點。

4題

在便利商店時想要一個袋子，該說什麼呢？
1. 請給我一個袋子。
2. 我不需要袋子。
3. 我們去要個袋子吧。

5題

從學校回到家之後，該對媽媽說什麼？
1. 我回來了。　　　3. 我出門囉。
2. 你回來了。

問題4　P.282

問題4沒有圖之類的提示，請根據對話，從1到3選項中選出一個最合適的答案。

範例

您來自哪一個國家？
1. 那邊。　　　3. 房間。
2. 美國。

1題

謝謝你的禮物。
1. 打擾了。　　　3. 玩得開心嗎？
2. 不客氣。

2題

你吃午餐了嗎？
1. 嗯，剛剛跟朋友一起吃了。
2. 還沒，我還沒吃過。
3. 是的，很快就好。

3題

這是誰？

1. 我妹妹。
2. 我作的菜。
3. 好可愛喔。

4題

今天說不定會下雪。

1. 下了好多喔。
2. 是的，麻煩你多關照。
3. 那麼，那我穿暖一點去。

5題

你有車嗎？

1. 我爸爸很快就會過來。
2. 不，沒有。
3. 我會帶著這個去。

6題

你家很近嗎？

1. 有點髒亂。
2. 嗯，就在那邊。
3. 很無聊。

N5第3回

問題1　P.284

在問題1中，請先聆聽問題。接著根據對話，從試卷中的1到4選項中選出一個最合適的答案。

範例

老師在課堂上說話。學生今天在家裡要讀哪裡？

F：那麼，今天到20頁結束，21頁就當作今天的家庭作業。

M：全部嗎？

F：不是，21頁的第1題就好，第2題在課堂上寫。

學生今天在家裡要讀哪裡？

1題

女人和男人在對話。女人幾點從家裡出發？

M：妳搭幾點的飛機呢？

F：12點半。

M：那麼，必須在11點之前抵達機場。

F：是的。我會在9點半離家出發，搭乘10點的公車。

M：了解了。

女人幾點從家裡出發？

2題

女人和男人在對話。男人要穿什麼衣服去？

M：明天該穿什麼去聚餐呢？

F：嗯，穿黑色的長褲和白色的襯衫如何？

M：不打領帶應該也可以吧。

F：嗯。會冷，在襯衫外頭多穿一件毛衣喔。

M：知道了。

男人要穿什麼衣服去？

3題

女人和男人在對話。女人的父親是哪一位？

M：妳的父親是在哪裡等？

F：他說會在公園等，啊，在那裡。

M：哪一個？

F：站在廁所旁邊的那個。

M：戴著眼睛的那個人？

F：不是。是拿著一把傘的那個。

M：啊，知道了。

女人的父親是哪一位？

4題

老師在教室裡說話。這個班是上什麼課？

M：同學們，初次見面。從今天起我們要一起學習，這堂課做寫字練習，不做聽說練習。另外，想上閱讀練習的同學，請上田中老師的課，請到202教室。

這個班是上什麼課？

5題

女人和男人在圖書館對話。男人要怎麼做？

M：我想還書，直接放進去這個箱子嗎？

F：唔，請讓我看一下你的書。

M：請。

F：這本書的歸還日是昨天，所以不是放到這個箱子，請交給館員。

M：我了解了。

男人要怎麼做？

6題

男人和女人在對話。比賽在禮拜幾舉行？

F：今天已經禮拜四了，再過幾天就要比賽囉。

M：是啊。只剩下2天而已，所以我非常認真在練習。

F：根據氣象預報，當天會是晴天。

M：真的嗎？太好了。

比賽在禮拜幾舉行？

7題

女人和男人在對話。女人接下來要做什麼？

M：好久沒有這麼早下班了。

F：是啊。之前總是看電視看到睡著，今天要去運動一下。

M：跟朋友一起嗎？

F：沒有，我自己去。然後想去吃點美味的料理。

M：真不錯。站前有間知名的餐廳喔。

F：真的嗎？請跟我說。

女人接下來要做什麼？

問題2　P. 285

在問題2中，請先聆聽問題。接著根據對話，從試卷中的1到4選項中選出一個最合適的答案。

範例

男人和女人在對話。男人昨天去了哪裡呢？再次強調，是男人。

M：山田小姐，妳昨天去了哪裡嗎？

F：我去了圖書館。

M：是車站附近的圖書館嗎？

F：是的。

M：我昨天到山川百貨買東西了。

F：咦，我昨天晚上到山川百貨的餐廳吃飯呢。

M：這樣啊。

男人昨天去了哪裡呢？

女人和男人在對話。女人會在學校待到幾點？

M：作業差不多快寫完了吧？已經4點了喔。

F：還沒。不過，我6點得要到鋼琴教室去，所以上課前1個小時會離開這裡。

M：那麼，還有1個小時。

F：是的。我會加油的。

女人會在學校待到幾點？

男人和女人在對話。男人要去郵局做什麼？

F：山田先生，你要去郵局嗎？

M：是的，因為郵票用完了。

F：那麼，可以請你在便利商店幫忙買一下影印紙嗎？

M：知道了。

F：錢我等一下再給你。

M：好的。

男人要去郵局做什麼？

女人和男人在對話。約好的日子是禮拜幾？

M：啊，高橋小姐，您好。

F：您好。明天我們是約5點在車站前的咖啡廳碰面吧。

M：明天？不是後天嗎？

F：今天是禮拜四喔。

M：咦，已經禮拜四了啊。我還以為是禮拜三。

F：請不要忘記我們是約明天喔。

M：好的。

約好的日子是禮拜幾？

男人和女人在對話。兩人在7月的時候要去哪裡？

F：7月聽說會舉辦員工旅遊。

M：去年是到中國玩，今年會去哪裡呢？

F：聽說是美國。但我想去的地方是歐洲啊，真可惜。

M：我則是想去韓國。因為我還沒有去過呢。

F：明年可以去的話就太好了。

兩人在7月的時候要去哪裡？

女人和男人在對話。女人念書念了幾個小時？

M：田中小姐，好早喔。來準備考試嗎？

F：是的。早上讀書效率最好了。

M：我昨天也看書看了3個小時，真的好累啊。

F：我是早上讀1個小時，然後睡前讀1個小時，這比長時間念書的效果要來得好喔。

M：這樣啊。

女人念書念了幾個小時？

男人和女人在對話。男人想要住在什麼樣的房間呢？

F：你想找什麼樣的房間呢？

M：現在的房間有點小。

F：那麼，這間怎麼樣？很寬敞喔。但是，有點老舊。

M：老舊也沒有關係。

F：這樣啊。那麼，我們一起去看看這個房間吧。

M：好的。麻煩妳了。

男人想要住在什麼樣的房間呢？

問題3 P. 286

在問題3中，請邊看圖邊聽題目。→（箭頭）所指的人該說什麼呢？請從1到3選項中選出一個最合適的答案。

範例

在餐廳裡請服務生過來。該說什麼呢？

1. 歡迎光臨。
2. 打擾了。
3. 不好意思。

1題

想到朋友家去看看的時候，該跟朋友說什麼呢？

1. 可以到你家去看看嗎？
2. 請來我家。
3. 我要去你家看看喔。

2題

電話壞掉了，想要送修。該說什麼呢？

1. 麻煩你幫忙修理。
2. 有修理過。
3. 我想幫忙修理。

3題

要到圖書館借書，該說什麼呢？

1. 我想借書。　　　3. 要不要買書？
2. 請看書。

4題

想要喝冰涼的飲料，該跟朋友說什麼呢？

1. 買杯冰涼的茶回來。
2. 請喝冰涼的茶。
3. 這杯茶很冰喔。

5題

找不到想要的書，該跟店員說什麼呢？

1. 可以翻閱一下這本書嗎？
2. 這本書放在哪裡？
3. 就買這本書吧。

問題4 P. 287

問題4沒有圖之類的提示，請根據對話，從1到3選項中選出一個最合適的答案。

範例

您來自哪一個國家？

1. 那邊。　　　　　3. 房間。
2. 美國。

1題

昨天的考試你考得如何？

1. 非常便宜。
2. 並沒有那麼難。
3. 田中先生也請用。

2題

請問您是哪位？

1. 敝姓山田。
2. 28歲。
3. 麻煩請載我到學校。

3題

房間在幾樓？

1. 去了好幾次了。
2. 在2樓。
3. 好想去一次看看。

4題

電影好好看喔。

1. 是啊，下次再一起去看吧！
2. 那麼，3點可以嗎？
3. 是的，我沒看過。

5題

什麼時候旅行回來呢？

1. 請早一點回來。
2. 一個禮拜之後。
3. 30分鐘。

6題

要影印幾張？

1. 20張。
2. 是的，請幫忙影印。
3. 1本。

N4第1回

問題1　　P. 289

在問題1中，請先聆聽問題。接著根據對話，從試卷中的1到4選項中選出一個最合適的答案。

範例

男人和女人在講電話。男人會買什麼東西回家呢？

M：我現在要回家了，要買什麼回去嗎？
F：啊，謝謝。那個，牛奶，然後……。
M：等一下，牛奶買一瓶就好嗎？
F：唔，請買兩瓶。然後，要買起司。
M：咦，起司還有很多吧。
F：抱歉，今天午餐的時候全部吃完了。
M：知道了。那麼，我會買回去的。
男人會買什麼東西回家呢？

1題

女兒和媽媽正在討論旅行的細節。兩人要搭乘幾點的電車？

F1：下禮拜的旅行，要幾點出門呢？
F2：飯店入住的時間是3點，只要能在這個時間前抵達就可以了吧！
F1：是啊。搭電車要2個半小時，所以就搭12點左右的電車吧！
F2：嗯。我來查查電車的時間。嗯～，有12點5分跟12點30分的。
F1：那，12點出門，搭12點半的電車好嗎？
F2：嗯。雖然有點趕，但就這麼決定吧。那麼，我就先來訂位子囉。
兩人要搭乘幾點的電車？

2題

男人和與女人在公司對話。男人會把鑰匙放在哪裡？

M：關於會議室的鑰匙，很謝謝妳的幫忙。要放在哪裡好呢？
F：啊啊，有個地方放了很多把鑰匙對吧？
M：啊，找到了。在冰箱上面吧。
F：不，不是那裡。在書架的旁邊應該也有才對。
M：啊啊，這裡啊。要掛在哪裡呢？
F：那個，從左邊數來第3個。
M：好的，我知道了。
男人會把鑰匙放在哪裡？

3題

女人和男人在對話。女人要去看什麼？

F：昨天我拿到在書店打工的薪水了。
M：是喔。有什麼想買的東西嗎？
F：已經買了這雙鞋子了。接下來要買什麼好呢？

M：最近，妳說過對拍照產生了興趣對吧？

F：對啊。但是，我還不至於去買新相機。我還沒那麼厲害。

M：我把打工賺來的錢拿來買電腦了呢。

F：哇，好棒喔。我也好想要一台小的。

M：種類有很多啊。要不要一起去看看？

F：真的嗎？那我們走吧。

女人要去看什麼？

4題

男人和女人正在做派對的事前準備，男人會準備幾個杯子？

F：餐點已經準備好了。

M：那麼，我把飲料和杯子拿過來喔。杯子需要幾個？

F：女生有4個人。吉田小姐沒辦法過來了。

M：是喔。那麼，男生有4位，所以要拿8個對吧？

F：男生不是5個人嗎？

M：咦，啊，真的耶。我忘記把我自己算進去了。

F：那麼，就麻煩你了。

M：好的。我現在去拿過來。

男人會準備幾個杯子？

5題

女人在圖書館和館員對話。不能在這裡做的事情是什麼？

F：不好意思，可以使用電腦的座位在哪裡呢？

M：就在DVD區的後面。

F：那個，可以借DVD跟錄影帶嗎？

M：不行，只能在圖書館裡面看。

F：這樣啊。我了解了。

M：那個，請把那個漢堡吃完之後再進來喔。

F：好的。不好意思。裡面也不能喝水對吧？

M：飲料是可以的。

F：了解了。

不能在這裡做的事情是什麼？

6題

男學生在打工的地方和店長對話。男學生必須要做的事情是什麼？

M：店長，我把盤子全都洗好了。

F：辛苦了。那，接下來是……。花也都澆水了……。

M：如果有什麼要買的東西，我去買回來吧！

F：嗯～。買東西，我去。我去買東西的這段時間可以麻煩你在店裡打掃嗎？

M：好的，我知道了。

F：那麼，就麻煩你囉。

男學生必須要做的事情是什麼？

7題

女人和男人在學校裡對話。女人接下來要做什麼？

M：怎麼了，妳的臉色看起來很糟耶。

F：早上起床之後身體就一直不舒服。本來想在家裡休息的，但今天的課程很重要。

M：不過，妳去醫院看一下醫生比較好吧？說不定發燒了呢。

F：嗯。吃點藥好了。這附近有藥房嗎？

M：藥房有點遠。如果是感冒藥的話，便利商店有賣喔。

F：那麼，我去看看。

女人接下來要做什麼？

8題

男學生和女學生在學校對話。女學生要訂哪一種顏色的T恤呢？

F：那個，想跟你討論一下五月運動會時要穿的衣服。

M：啊啊，妳是說全班一起做同款T恤的事情嗎？

F：嗯。這個設計你覺得如何？顏色的話我覺得白色似乎比較好。

M：很不錯不是嗎？但是，白色有點……。黃色或紅色妳覺得如何？

F：黃色可能比較好。紅色是不錯，但是會和隔壁班撞色，不太好。

M：這樣啊。不要用相同的顏色比較好對吧。

F：那，就用黃色吧。我會去訂，請在這張紙上寫下你的名字跟尺寸。

M：我知道了，謝謝妳。

女學生要訂哪一種顏色的T恤呢？

問題2　　P.290

在問題2中，請先聆聽問題。接著請看試卷，有時間可以閱讀內容。然後根據對話，從試卷1到4選項中選出一個最合適的答案。

範例

女人和男人在對話。女人為什麼要搬家呢？

F：下週的禮拜天，你可以來幫我搬家嗎？

M：可以啊，但是妳又要搬家喔，因為房間太小了嗎？

F：不是。房間的大小跟環境都沒有什麼問題，但是那棟建築物太老舊了，我不喜歡。最近我已經跟附近的人變成朋友了呢，真是太可惜了。

M：原來是這樣。

女人為什麼要搬家呢？

1題

女人和男人在對話。女人為什麼想要鑽研音樂？

M：聽說妳在大學畢業後要到法國去留學，是真的嗎？

F：是的。我想再多學一點音樂。

M：山田小姐的母親是高中的音樂老師對吧。山田小姐也想當老師嗎？

F：小時候我是想要當音樂老師，或是歌手之類的，但現在只想彈鋼琴。

M：要當鋼琴家啊？真是個很棒的夢想。

F：是啊。謝謝你。我打算到法國跟著一位很有名的老師學習。

女人為什麼想要鑽研音樂？

2題

男人和女人在對話。男人為什麼向學校請假呢？

F：早安。昨天你跟學校請假，讓我好擔心啊。以為你是不是又發燒了。

M：不是啦！我騎腳踏車的時候摔倒了，頭部先落地。

F：啊！頭沒受傷吧？

M：沒有。運氣好。腳會痛所以去了醫院。不過已經沒事了。

F：這樣啊。幸好幸好！那，今天學校放學後，要不要一起去看電影？

M：不好意思。我預約了牙醫。

F：咦，牙齒也在痛嗎？真是辛苦你了。

M：就是說啊。不好意思。明天的話就沒問題了。

F：了解了。

男人為什麼向學校請假呢？

3題

女人和男人在對話。女人為什麼哭呢？

M：那個，洋子小姐，妳剛哭過嗎？妳的眼睛好紅喔。

F：咦，真的嗎？剛剛我在電視新聞上，看到一個小孩子生病的報導。

M：這樣啊。洋子小姐，之前妳看了悲情連戲劇也而哭了，對吧？

F：是啊，因為我想起自己生病時候的事情。

M：洋子小姐，妳曾經生過很嚴重的病嗎？

F：是啊，小的時候，我曾經一直住院。

M：原來是這樣啊。

女人為什麼哭呢？

4題

男人和女人在對話。男人在國外住了幾年？

F：吉田先生，你的英文好棒喔。有到國外留學嗎？

M：沒有，我不曾出國留學，不過小學二年級開始在美國住了5年。

F：啊～，果然。所以才會這麼厲害。

M：嗯～，在日本也一直努力學習，而且大學畢業後還到美國工作。

F：哇，去工作啊。

M：是啊。在那裡工作了3年，去年的1月才回來的。

男人在國外住了幾年？

5題

男人和女人在對話。女人為什麼沒有買蘋果呢？

M：田中小姐，妳買了橘子嗎？

F：是啊。因為我試吃了之後覺得又甜又好吃。

M：我剛剛是吃了蘋果，結果非常好吃喔，妳看，我買了這麼多。

F：買了好多喔。

M：因為很便宜，所以我原本以為不是新鮮的，沒想到並不是，好像只是形狀有點不美觀而已。

F：是喔。我也想買，但是已經買了這麼多橘子，太重了拿不了。下次再去買。

M：嗯嗯。

男人和女人在對話。女人為什麼沒有買蘋果呢？

6題

男人和女人在對話。男人最想買的東西是什麼？

F：木村先生，我們要去幾樓呢？

M：我有好多想買的東西，不過就先到3樓去吧。

F：3樓是賣洗衣機和吸塵器，你的壞掉了嗎？

M：沒有，只是我的洗衣機聲音很吵，想要買一台安靜一點的。

F：我想要看看電視，所以接著可以到2樓去嗎？

M：當然可以。其實我今天最想買的是相機，所以我也要到2樓去逛逛。

F：啊，你家的小寶寶出生了，想拍多一點照片吧？

M：對啊。有了小孩之後，也增加了很多必備品呢。

男人最想買的東西是什麼？

7題

女人和男人在對話。女人覺得氣不過的事情是什麼？

F：上個週末，我到京都去了。

M：好棒喔。這個季節去很美吧。

F：是啊，雖然有一點冷，不過玩得很開心。

M：週末的確是有點冷。伴手禮買了嗎？

F：嗯嗯，我發現了非常漂亮的盤子，但因為沒有看到喜歡的顏色，所以找了好幾家店，最後終於買到了。

M：真是太好了。

F：但是回到東京之後，我到附近的百貨公司去，發現那裡就有賣了。

M：一模一樣的東西嗎？

F：是啊。我可是找得非常辛苦才買到的呢，真是叫人氣不過。

M：這樣啊。

女人覺得氣不過的事情是什麼？

問題3　P. 292

在問題3中，請邊看圖邊聆聽題目。→（箭頭）所指的人該說什麼呢？請從1到3選項中選出一個最合適的答案。

範例

在餐廳裡請服務生過來。該說什麼呢？
1. 歡迎光臨。　　　3. 不好意思。
2. 打擾了。

1題

你有電影票，想找人一起去，該說什麼呢？
1. 不妨去看場電影。
2. 要不要一起去看電影呢？
3. 我可以去看電影嗎？

2題

想買手機。價格有點貴。該說什麼呢？
1. 有稍微便宜一點的機型嗎？
2. 要買稍微便宜一點的機型嗎？
3. 我再算你便宜一點。

3題

行李很多。希望朋友能來幫忙。該說什麼呢？
1. 這個，我幫你拿。
2. 這個，你拿好嗎？
3. 這個，我拿走吧？

4題

突然有急事。想要用電話。該說什麼呢？
1. 電話可以借我嗎？
2. 借個電話比較好。
3. 電話可以借你嗎？

5題

在音樂會上。鄰座的人聲音有點吵。該說什麼呢？
1. 請說大聲一點。
2. 請坐下來。
3. 請稍微安靜一點。

問題4　P. 293

問題4沒有圖之類的提示，首先請聆聽對話，然後再聽回應，從1到3選項中選出一個最合適的答案。

範例

我要去買果汁，有需要幫你買點什麼過來嗎？
1. 嗯，可以喔。
2. 是喔，看起來好好喝喔。
3. 啊，請幫我買咖啡。

1題

在這之中哪一個是最好吃的？

1. 這個蛋糕。　　　3. 謝謝。

2. 真的很好吃。

2題

你很會使用電腦嗎？

1. 那麼，我去問山田小姐看看。

2. 不，我並不擅長。

3. 是的，那是我的電腦。

3題

不好意思，我要先回去了喔。

1. 不好意思我先回去了。

2. 因為有點發燒。

3. 好的，回家路上請小心。

4題

最近好冷喔。

1. 對啊，外套是必要的。

2. 對啊，我有把傘帶著。

3. 真的讓人受不了呢。

5題

我可以用這支鉛筆嗎？

1. 我沒有用過。

2. 可以，請用。

3. 不，我用原子筆。

6題

老師是哪一位？

1. 戴著黑色眼鏡的那位。

2. 老師，好久不見。

3. 是的，老師也會一起去。

7題

不好意思，明天我沒辦法去。

1. 真可惜啊。

2. 明天我有點事。

3. 那麼，三點見。

8題

為什麼不吃呢？

1. 好的，我開動了。

2. 我肚子不餓。

3. 說不定會吃。

N4第2回

問題1　P. 295

在問題1中，請先聆聽問題。接著根據對話，從試卷中的1到4選項中選出一個最合適的答案。

範例

男人和女人在講電話。男人會買什麼東西回家呢？

M：我現在要回家了，要買什麼回去嗎？

F：啊，謝謝。那個，牛奶，然後……。

M：等一下，牛奶買一瓶就好嗎？

F：唔，請買兩瓶。然後，要買起司。

M：咦，起司還有很多吧。

F：抱歉，今天午餐的時候全部吃完了。

M：知道了。那麼，我會買回去的。

男人會買什麼東西回家呢？

1題

男人和女人在公司對話。男人從幾號到幾號休假？

F：田中先生，暑假的時候你打算去哪裡呢？

M：有啊，我打算要跟家人一起去旅行。

F：什麼時候去？

M：8月2日出發，去玩4天。

F：啊，好早喔。我是8月28日才開始放暑假。

M：這樣啊。妳有打算去哪裡嗎？

F：沒有，要在家悠閒度過。

男人從幾號到幾號休假？

2題

女孩跟媽媽在對話。女孩接下來要做什麼？

F1：妳在做什麼？

F2：學校的作業，每個漢字寫10次。

F1：馬上就快到鋼琴老師過來的時間了，妳練習彈鋼琴了嗎？

F2：還沒。

F1：那把作業先放著，先去練習比較好吧！

F2：嗯，我知道了。

F1：媽媽先到鄰居家去一下喔。

F2：好的，請慢走。

女孩接下來要做什麼？

3題

女人和爸爸在講電話。女人要拿什麼東西出去？

F：喂喂，爸爸，怎麼了？

M：我現在正在公車亭，有點事想麻煩妳⋯⋯。

F：啊，下雨了對吧。你有帶傘嗎？

M：嗯，雨傘我一直都有放在包包裡。並不是這件事，妳可以先去看一下桌子上的東西嗎？

F：桌子上？有一個信封。

M：那是今天開會要用的資料。不好意思，可以拿來給我嗎？

F：知道了。你等我一下，我吃個藥之後馬上過去。

女人要拿什麼東西出去？

4題

女人和男人在對話。女人穿著什麼樣的服裝？

M：喂喂，我現在到車站了，妳在哪裡呢？

F：我在車站前的警察局旁邊。

M：人好多喔，不知道能不能找得到。

F：我穿著紅色的外套，應該馬上就能認出來。

M：外套⋯⋯是長版的大衣嗎？

F：不是，是短版外套。

M：啊，是戴著黑色帽子的那位吧⋯⋯？

F：不是，我沒有戴帽子。我圍著圍巾。

M：啊，看到了看到了，我知道了。現在就過去。

F：好的。

女人穿著什麼樣的服裝？

5題

男人和女人在公司對話。女人接下來首先要去那裡？

M：前輩，下午我要去找A公司的經理，可以請妳跟我一起去嗎？

F：我必須要去銀行一趟，你約幾點？

M：2點。

F：嗯。看來沒時間呢，我接下來在第二會議室還有一場會議要開。之後要去餐廳吃午餐，然後再去銀行的話……那時我想應該已經2點了。

M：這樣啊，那麼，這次我自己一個人去。

F：可以嗎？不好意思。

女人接下來首先要去那裡？

6題

男人和女人在對話。明天是誰的生日呢？

M：吉田小姐，妳買了好多東西喔。要做什麼呢？

F：啊啊，明天要慶生，我想要做各式好吃的東西。

M：蛋糕也能自己做嗎？好厲害喔。

F：沒有啦！我女兒很會做日式甜點，所以會跟女兒一起做。

M：是誰的生日呢？妳的兒子嗎？

F：不是，是我先生。

M：這樣啊。真羨慕他有一個很會作菜的老婆。

明天是誰的生日呢？

7題

男人和女人在對話。男人要怎麼去目的地？

F：你要去哪裡？

M：要去一家新開的大型書店。

F：走路到得了嗎？家裡的車故障了，昨天送修，還在修理喔。

M：啊，是喔。本來想說要開車去的。

F：搭電車去如何？

M：嗯。天氣很不錯，我騎腳踏車去吧，很久沒騎了。

F：這樣啊。小心喔。

男人要怎麼去目的地？

8題

媽媽和兒子在對話。兒子首先必須要做的事情是什麼？

F：還沒整理好嗎？趕快整理。

M：我肚子餓了。不能吃完飯再弄嗎？

F：不行。把房間打掃乾淨後，再吃飯吧！而且你吃完飯還得做功課，不是嗎？

M：唔，飯後有我想看的電視節目耶。

F：趕快把作業寫完就可以看了啊。

M：知道了啦。

兒子首先必須要做的事情是什麼？

問題2　　P. 296

在問題2中，請先聆聽問題。接著請看試卷，有時間可以閱讀內容。然後根據對話，從試卷1到4選項中選出一個最合適的答案。

範例

女人和男人在對話。女人為什麼要搬家呢？

F：下週的禮拜天，你可以來幫我搬家嗎？

M：可以啊，但是妳又要搬家喔，因為房間太小了嗎？

F：嗯。房間的大小跟環境都沒有什麼問題，但是那棟建築物太老舊了，我不喜歡。最近我已經跟附近的人變成朋友了呢，真是太可惜了。

M：原來是這樣。

女人為什麼要搬家呢？

1題

男人和女人在對話。女人在找哪一種工作？

M：妳在看什麼？

F：工作的介紹。

M：妳在找工作嗎？哇，有好多工作機會喔。

F：有很多飯店櫃檯的工作。因為這個小鎮有很多觀光客。

M：原來如此。再者就是醫院的工作機會很多，像是護士之類的。田中小姐到目前為止一直都在做行政事務方面的工作對吧？

F：是的。這次想找餐廳或咖啡廳的工作。

M：是喔。這是完全不同性質的工作耶。

F：是啊。因為未來我想要開咖啡廳。

M：這樣啊。祝妳找到好工作。

女人在找哪一種工作？

2題

男人和女人在對話。男人要買哪一種書？

M：有好多書喔。

F：是啊，這裡是鎮上最大的書店。你看，山田先生喜歡的汽車相關書籍有這麼多本呢。要買哪一本呢？

M：不，我今天沒有要買汽車的書，而是想買動物相關的書。

F：動物嗎？

M：是啊。最近很感興趣。啊，這裡有很多呢。就連魚類的書也有這麼多本，下次來買（魚類的書）。

F：那麼，我要買的是字典，所以到那邊去喔。

M：知道了。我選好之後就過去那邊找妳。

男人要買哪一種書？

3題

男人跟女人在對話。女人要在日本待到什麼時候？

M：楊小姐，飯店附近有一家受觀光客歡迎的餐廳，妳去過了嗎？

F：不，還沒去過。因為我13號那天才剛到日本而已。

M：唔，前天來的啊？

F：是的。

M：那麼，下禮拜一起去吧。18號禮拜二去如何？

F：我18號就回去了。

M：啊，是喔。那麼，17號禮拜一呢？

F：16號不行嗎？

M：那天餐廳休息喔。

F：這樣啊。那麼，就禮拜一一起去吧！

女人要在日本待到什麼時候？

4題

男人和女人在對話。女人所住的地方天氣如何？

M：今天真是晴朗的好天氣啊。

F：是喔。但我這裡聽說要下雨了。

M：已經在下了嗎？

F：還沒。天氣陰暗，但還沒下雨。你那邊會冷嗎？

M：不會。雖然風很強，不過很溫暖。

F：是喔。真不錯。我這裡聽說下禮拜會下雪。

M：是喔。才十一月而已就已經要下雪囉。

F：是啊。我得在開始下雪之前將衣服買好。

女人所住的地方天氣如何？

5題

女人和男人在對話。二人何時出發？

M：幾點出發呢？

F：早上早一點出發比較好喔。

M：嗯。與其早出發，我覺得搭夜行船，在船上住一晚比較好。

F：啊，對耶。這樣的話，大約幾點會到呢？

M：11點左右吧。

F：那麼，到了之後馬上去吃午餐，然後再到旅館去吧。

M：好啊。如此一來就可以在旅館悠閒地待到傍晚。

F：對啊。

兩人何時出發？

6題

女人和男人在對話。男人明天要到學校做什麼？

F：明天要不要一起去看電影？

M：明天我要去學校。

F：為什麼？沒課不是嗎？要做社團練習嗎？

M：因為我有些想要查的資料。學校的圖書館可能會有我想要找的書。

F：這樣啊。大概會到幾點呢？

M：唔，不知道確切的時間耶。

F：那麼，明天我也會在學校，你辦完事後打個電話給我。我有個報告必須在禮拜一之前交出去，我就邊寫邊等你吧。

M：知道了。我會聯絡妳的。

F：嗯。

男人明天要到學校做什麼？

7題

女兒打了個電話給媽媽。女兒要帶哪一種包包去旅行？

F1：喂，媽？是我啦。我想跟妳借個包包，下禮拜旅行要用。對了，媽，妳去年買了一個包包對吧。

F2：啊啊，那個藍色的吧。

F1：唔，不是藍色的那個，是黑色的。上次的旅行你也帶了不是嗎？

F2：大型的旅行包？

F1：不是大型的旅行包，是可以裝錢包跟手機的小包包。

F2：啊啊，那個啊。不知道放哪裡去了。我去找找。

F1：嗯。拜託了。

女兒要帶哪一種包包去旅行？

問題3　P.298

在問題3中，請邊看圖邊聆聽題目。→（箭頭）所指的人該說什麼呢，請從1到3選項中選出一個最合適的答案。

範例

在餐廳裡請服務生過來。該說什麼呢？

1. 歡迎光臨。
2. 打擾了。
3. 不好意思。

1題

正在下雨。想把傘借給前輩。該說什麼呢？

1. 把傘借給你吧。
2. 打算把傘借出去。
3. 需要把傘借給你看看嗎？

2題

有人跟你說一起去看電影吧，但你沒有時間。該說什麼呢？

1. 不好意思，我有要事。
2. 不好意思，我要去看電影。
3. 不好意思，我身體不舒服。

3題

朋友在咳嗽，想要拿藥給他。該說什麼呢？

1. 不給這個藥嗎？
2. 要不要吃吃看這個藥？
3. 說不定會吃這種藥。

4題

想要影印時，不了解使用方法。該說什麼呢？

1. 請教我影印的方法。
2. 我教你影印的方法如何？
3. 我們來教影印的方法吧。

5題

在咖啡廳的時候，想知道能不能抽菸，該說什麼呢？

1. 可以在這裡抽菸嗎？
2. 要在這裡抽菸嗎？
3. 我們在這裡抽菸吧。

問題4　P. 299

問題4沒有圖之類的提示，首先請聆聽對話，然後再聽回應，從1到3選項中選出一個最合適的答案。

範例

我要去買果汁，有需要幫你買點什麼過來嗎？

1. 嗯，可以喔。
2. 是喔，看起來好好喝喔。
3. 啊，請幫我買咖啡。

1題

這裡可以喝飲料嗎？

1. 飲料請在外面喝。
2. 請慢慢吃。
3. 謝謝，我開動了。

2題

下雨了耶，你有帶傘嗎？

1. 我忘記帶了。
2. 也有下雪。
3. 一個禮拜一次。

3題

我肚子餓了，要不要吃點什麼？

1. 非常好吃。
2. 好的，我們去餐廳吧。
3. 不客氣。

4題

我們去哪散步好呢？

1. 小河附近如何？
2. 好啊。我們走吧。
3. 我也想試試看。

5題

高中畢業之後你有什麼打算？

1. 去上大學。
2. 今年畢業。
3. 高中生活過得很開心。

6題

明天4點在這裡碰面，如何？

1. 不能4點半嗎？
2. 好啊。要約幾點呢？
3. 是喔。有點擔心呢。

7題

下一堂課的老師是誰？

1. 不，老師還沒來。
2. 是山田老師哦。
3. 是，沒錯。

8題

好累喔。稍微休息一下吧。

1. 那麼，我們進去那家咖啡廳吧！
2. 好的，晚安。
3. 已經休息3天了。

N4第3回

問題1　P. 302

在問題1中，請先聆聽問題。接著根據對話，從試卷的1到4選項中選出一個最合適的答案。

範例

男人和女人在講電話。男人會買什麼東西回家呢？

M：我現在要回家了，要買什麼回去嗎？
F：啊，謝謝。那個，牛奶，然後……。
M：等一下，牛奶買一瓶就好嗎？
F：唔，請買兩瓶。然後，要買起司。
M：咦，起司還有很多吧。
F：抱歉，今天午餐的時候全部吃完了。
M：知道了。那麼，我會買回去的。

男人會買什麼東西回家呢？

1題

女人和男人在對話。女人要跟誰一起去？

M：之前你不是從課長那裡拿到電影票嗎？你看過了嗎？
F：還沒。拿到了2張票，但是卻一直找不到人可以一起去看
M：是什麼電影？
F：片名叫《春之日》的電影。
M：啊，我去看過了。這是一部好電影。
F：是啊。所以我問了我媽媽（要不要一起去看），但是時間上兜不攏。
M：嗯，你媽媽也是在工作，也很忙吧！
F：是的。我想跟家人一起去看，所以問了我姐姐和妹妹。可是我妹沒有興趣，我姐姐要去旅行也說不能去。所以結果我要跟大學時代的朋友一起去。

女人要跟誰一起去？

2題

男人和女人在公司對話。之後桌上會有幾本書呢？

F：山田先生，這個是之前跟你借的書，謝謝你。
M：3本全都看完了？好快喔。先放桌上就可以了。
F：好的。因為內容很有趣，所以我很快就看完了。咦，桌上另外有2本書，也是山田先生的嗎？
M：對啊。那是借給課長的書，今天請他歸還給我了。妳可以看看啊。
F：真的嗎？那，這個，我跟你借這一本就好。謝謝。
M：不客氣。

之後桌上會有幾本書呢？

3題

女人和男人在對話。女人的考試到幾點？

M：今天是考試的日子對吧。

F：是的。好緊張喔。

M：差不多快12點了，要去吃午餐嗎？

F：嗯。怎麼辦才好呢。考試從12點40分開始呢。

M：那考完再去吃吧！幾點結束呢？

F：2點左右吧。

M：好晚喔。我覺得肚子餓的話，考試也沒辦法考好喔。

F：但是，我還想再多讀一點書……。我想，還是等等再吃吧。

M：那我2點10分左右在咖啡廳等妳喔。

F：好的。

女人的考試到幾點？

4題

男人到店裡點餐。男人決定要吃什麼？

F：您想點什麼呢？

M：這間店最受歡迎的餐點是什麼？

F：這個嘛，蕎麥麵很受歡迎，天婦羅也很好吃喔。

M：有什麼餐點是可以2種料理都吃得到的呢？

F：有的。就是這個天婦羅蕎麥麵套餐。然後，我們也有壽司跟天婦羅的套餐。

M：啊啊，壽司也很棒耶。那，我要那個套餐。

F：好的。

男人決定要吃什麼？

5題

媽媽和兒子在對話。兒子待會兒要做什麼？

M：媽媽，今天好冷喔。

F：真的耶。要去郊遊卻碰到這種天氣，應該沒辦法去了吧。

M：唔，但明明已經約定好了，我想要去。

F：但是很冷不是嗎？會感冒的喔。對了，去百貨公司吧？我買玩具給你。

M：我不要。我想玩足球。

F：那，在家裡玩足球的電玩遊戲吧。

M：我不要電玩……。而且家裡太小了沒辦法跑吧。天氣再冷我也沒關係的。

F：知道了。那衣服穿暖一點，我們出發吧。

兒子待會兒要做什麼？

6題

女人和男人在公司對話。女人接下來要先做什麼？

F：客人大駕光臨了。

M：客人已經到了嗎？我去打個招呼。

F：好的。我去泡茶。

M：啊，今天的客人不喜歡喝茶，所以麻煩妳準備咖啡。

F：了解了。我去買配咖啡的點心好嗎？

M：不用了。今天早上我在車站前的商店買了。

F：這樣啊。

M：那麻煩你了。

F：好的。

女人接下來要先做什麼？

7題

男人和女課長在公司對話。男人必須要先做什麼？

F：下禮拜出差的事情你已經準備好了嗎？

M：啊，課長，機票我已經訂好了，訂了3點的飛機。

F：謝謝。飯店也訂好房間了嗎？

M：現在要訂。我打算訂常去的那家飯店。

F：嗯～。在訂飯店之前，請先調查一下有沒有更好的飯店。這次社長也會一起前往，所以就選稍微好一點的飯店吧！

M：知道了。那麼，後續再跟課長報告。

F：麻煩你了。

男人必須要先做什麼？

8題

老師在學校對學生說話。禮拜五的課，學生要到哪裡上課？

M：同學們，現在要說明禮拜五上課的教室。之前都是在這裡，也就是東館3樓的302教室上課，但是因為有其他老師要用這間教室，所以我們要移動到小一點的教室去。新的上課地點在南館2樓的204教室。南館就在國際交流會館的旁邊，前往的時候請不要弄錯。

禮拜五的課，學生要到哪裡上課？

問題2　P. 303

在問題2中，請先聆聽問題。接著請看試卷，有時間可以閱讀內容。然後根據對話，從試卷1到4選項中選出一個最合適的答案。

範例

女人和男人在對話。女人為什麼要搬家呢？

F：下週的禮拜天，你可以來幫我搬家嗎？

M：可以啊，但是妳又要搬家喔，因為房間太小了嗎？

F：嗯。房間的大小跟環境都沒有什麼問題，但是那棟建築物太老舊了，我不喜歡。最近我已經跟附近的人變成朋友了呢，真是太可惜了。

M：原來是這樣。

女人為什麼要搬家呢？

1題

女人和男人在公司對話。女人剛去了哪裡？

M：啊，川田小姐，我一直在找妳呢。

F：有什麼事嗎？

M：唔，不好意思，這個請幫我拿去郵局寄。

F：我才剛從郵局旁邊的銀行回來耶。

M：這樣啊。妳才剛回來真不好意思，還是要麻煩妳。

F：那麼，回程時我可以到便利商店順便買個午餐嗎？

M：可以的。

女人剛去了哪裡？

2題

男人和女人在對話。男人在週末做了什麼？

F：週末有沒有去哪裡呢？

M：沒有，一直待在家裡。

F：是喔。每天都工作到那麼晚，一定很累吧！

M：也沒有啦，是好久不見的高中時期的朋友來我家坐坐。十年沒見了，彼此聊了很多。

F：原來是這樣。我不久前也到好久沒去的高中校園去走走，一點都沒變呢。

M：時間真的過得好快啊！

F：就是說啊。

男人在週末做了什麼？

3題

女人正在說話。讓女人感到最開心的事情是什麼？

F：今年就快結束了。開心也好、傷心也罷，發生了許許多多的事情，不過讓我感到特別開心的是，終於去了期待好久的英國。另外，朋友搬到很遠的地方去，讓我感到相當難過，但我們約好了下次碰面的時間，讓我非常期待。然後就是弟弟結婚了。因為我一直都很擔心他，所以這算是今年最開心的事情了。希望正在住院的祖父，明年可以恢復健康。

讓女人感到最開心的事情是什麼？

4題

男人和女人在對話。男人想做的運動是什麼？

F：田中先生，你很喜歡運動對吧。

M：嗯嗯，學生時代開始我就一直在踢足球，最近也開始打網球。

F：是喔。我在運動方面很不拿手，雖然說很喜歡在電視上看棒球比賽。

M：冬天時我打算去滑雪。

F：哇，你滑雪也很厲害嗎？

M：沒有，我還沒滑過呢。今年冬天一定要試試看。要不要一起去呢？

F：唔，我還是……。

男人想做的運動是什麼？

5題

男人在答錄機留言。男人訂了什麼時候的票？

M：我訂好票囉。山田小姐說26號、27號跟29號可以，我因為29號似乎會工作到比較晚，所以訂了27號禮拜六的票。禮拜五都沒有什麼好位置，所以就放棄了。時間有早上10點開始，以及下午1點開始的。10點有點太早了，所以我訂的是下午1點的。票價是2,800圓。聽到留言請打個電話給我。等妳回覆。

男人訂了什麼時候的票？

6題

男人和女人在公司對話。男人為什麼感到心煩呢？

M：好煩喔。

F：怎麼了？

M：我必須要去參加一個會議，但是卻開始下雪了。

F：真的耶。你有傘嗎？可以的話我借給你吧？

M：我有帶傘，可是這場雪看來會讓電車停駛，真煩人。

F：搭公車去呢？

M：如果搭公車去的話，我想一定會遲到的。

F：不能打個電話去更改開會的日期嗎？

M：對耶，下雪了也是沒辦法的事情，我來打電話問看看。

男人為什麼感到心煩呢？

7題

男人和女人在牙醫診所對話。女人什麼時候要去看牙醫？

M：下一次的門診，要約什麼時候好呢？

F：唔，除了禮拜三跟禮拜天之外，其他日子都可以。

M：那麼，禮拜二和禮拜五哪一天好？

F：那，請幫我約禮拜二。

M：時間上來講要約幾點呢？

F：這個嘛，下午時段比較好。

M：請稍等一下。唔，2點跟2點半都還空著。

F：那麼，請幫我約2點。

M：好的。那麼，下週就等您的光臨。

女人什麼時候要去看牙醫？

問題3　P. 305

在問題3中，請邊看圖邊聆聽題目。→（箭頭）所指的人該說什麼呢，請從1到3選項中選出一個最合適的答案。

範例

在餐廳裡請服務生過來。該說什麼呢？

1. 歡迎光臨。
2. 打擾了。
3. 不好意思。

1題

朋友沒有什麼精神，該說什麼呢？

1. 打起精神來。
2. 保重喔。
3. 你好嗎？

2題

錢不夠，想跟朋友借的時候，該說什麼呢？

1. 這裡的錢，還給你喔。
2. 借我一點錢。
3. 你跟我點借錢。

3題

在超市拿到了一個袋子，但並不需要的時候，該說什麼呢？

1. 請不要使用袋子。
2. 袋子不用了。
3. 我沒用過袋子。

4題

拿到的衣服太小件了，沒辦法穿，該說什麼呢？

1. 這件衣服，對我來說太小了。
2. 這件衣服，我不太喜歡。
3. 這件衣服，聽說不穿了。

5題

拿到禮物的時候，想看看是什麼的話，該說什麼呢？

1. 可以打開嗎？
2. 要不要看看裡面？
3. 我預定要打開。

問題4　P. 306

問題4沒有圖之類的提示，首先請聆聽對話，然後再聽回應，從1到3選項中選出一個最合適的答案。

範例

我要去買果汁，有需要幫你買點什麼過來嗎？

1. 嗯，可以喔。
2. 是喔，看起來好好喝喔。
3. 啊，請幫我買咖啡。1題

變暗了耶。

1. 要把空調打開嗎？
2. 是啊。把電燈打開吧。
3. 快要30歲了。

2題

明天可以不打領帶嗎？

1. 是啊，身高好高啊。
2. 不行，請務必要繫領帶。
3. 那麼，請明天前做好。

3題

家裡的後面有什麼呢？

1. 沒有人在。
2. 有超級市場。
3. 我有要緊的事。

4題

你有幾個兄弟姐妹？

1. 男的。
2. 3個。
3. 大學一年級。

5題

不好意思，我會晚一點到。

1. 知道了，到的時候請打電話給我。
2. 我遲到了不好意思。
3. 發生了意外。

6題

昨天很吵對吧，睡得好嗎？

1. 是啊，睡得很好。
2. 不好意思，發出那麼大的聲音。
3. 請慢慢休息。

7題

這雙鞋子是誰的？

1. 昨天我去買了一雙鞋子。
2. 有點太小了耶。
3. 是我媽媽的。

8題

為什麼要買眼鏡呢？

1. 最近我的眼睛變得不太好。
2. 一直都好想吃吃看。
3. 真的好適合喔。

N5 實戰模擬考題 第 1 回

げんごちしき（もじ・ごい）

じゅけんばんごう
Examinee Registration
Number

なまえ
Name

もんだい 1

1	①	②	③	④
2	①	②	③	④
3	①	②	③	④
4	①	②	③	④
5	①	②	③	④
6	①	②	③	④
7	①	②	③	④
8	①	②	③	④
9	①	②	③	④
10	①	②	③	④
11	①	②	③	④
12	①	②	③	④

もんだい 2

13	①	②	③	④
14	①	②	③	④
15	①	②	③	④
16	①	②	③	④
17	①	②	③	④
18	①	②	③	④
19	①	②	③	④
20	①	②	③	④

もんだい 3

21	①	②	③	④
22	①	②	③	④
23	①	②	③	④
24	①	②	③	④
25	①	②	③	④
26	①	②	③	④
27	①	②	③	④
28	①	②	③	④
29	①	②	③	④
30	①	②	③	④

もんだい 4

31	①	②	③	④
32	①	②	③	④
33	①	②	③	④
34	①	②	③	④
35	①	②	③	④

にほんごのうりょくしけん かいとうようし

N5 實戰模擬考題 第 1 回

げんごちしき (ぶんぽう) ・どっかい

じゅけんばんごう
Examinee Registration
Number

なまえ
Name

もんだい 1

1	①	②	③	④
2	①	②	③	④
3	①	②	③	④
4	①	②	③	④
5	①	②	③	④
6	①	②	③	④
7	①	②	③	④
8	①	②	③	④
9	①	②	③	④
10	①	②	③	④
11	①	②	③	④
12	①	②	③	④
13	①	②	③	④
14	①	②	③	④
15	①	②	③	④

もんだい 2

16	①	②	③	④
17	①	②	③	④
18	①	②	③	④
19	①	②	③	④
20	①	②	③	④
21	①	②	③	④

もんだい 3

22	①	②	③	④
23	①	②	③	④
24	①	②	③	④
25	①	②	③	④
26	①	②	③	④

もんだい 4

27	①	②	③	④
28	①	②	③	④
29	①	②	③	④

もんだい 5

30	①	②	③	④
31	①	②	③	④

もんだい 6

32	①	②	③	④

にほんごのうりょくしけん かいとうようし

N5 實戰模擬考題 第 1 回
ちょうかい

じゅけんばんごう
Examinee Registration
Number

なまえ
Name

〈ちゅうい Notes〉
1. くろい えんぴつ (HB、No.2) で かいて ください。
（ペンや ボールペンでは かかないで ください。）
Use a black medium soft (HB or No.2) pencil.
(Do not use any kind of pen.)
2. かきなおす ときは、けしゴムで きれいに けして
ください。
Erase any unintended marks completely.
3. きたなく したり、おったり しないで ください。
Do not soil or bend this sheet.
4. マークれい Marking examples

よい れい Correct Example	わるい れい Incorrect Examples
●	⊘ ⊖ ⊙ ⊗ ◐ ①

もんだい 1

れい	①	●	③	④
1	①	②	●	④
2	①	②	③	④
3	①	②	③	④
4	①	②	③	④
5	①	②	③	④
6	①	②	③	④
7	①	②	③	④

もんだい 2

れい	①	●	③	④
1	①	②	③	④
2	①	②	③	④
3	①	②	③	④
4	①	②	③	④
5	①	②	③	④
6	①	②	③	④

もんだい 3

れい	①	②	●
1	①	②	③
2	①	②	③
3	①	②	③
4	①	②	③
5	①	②	③

もんだい 4

れい	①	●	③
1	①	②	③
2	①	②	③
3	①	②	③
4	①	②	③
5	①	②	③
6	①	②	③

にほんごのうりょくしけん かいとうようし

N5 實戰模擬考題 第 2 回

げんごちしき (もじ・ごい)

じゅけんばんごう
Examinee Registration
Number

なまえ
Name

もんだい 1

1	①	②	③	④
2	①	②	③	④
3	①	②	③	④
4	①	②	③	④
5	①	②	③	④
6	①	②	③	④
7	①	②	③	④
8	①	②	③	④
9	①	②	③	④
10	①	②	③	④
11	①	②	③	④
12	①	②	③	④

もんだい 2

13	①	②	③	④
14	①	②	③	④
15	①	②	③	④
16	①	②	③	④
17	①	②	③	④
18	①	②	③	④
19	①	②	③	④
20	①	②	③	④

もんだい 3

21	①	②	③	④
22	①	②	③	④
23	①	②	③	④
24	①	②	③	④
25	①	②	③	④
26	①	②	③	④
27	①	②	③	④
28	①	②	③	④
29	①	②	③	④
30	①	②	③	④

もんだい 4

31	①	②	③	④
32	①	②	③	④
33	①	②	③	④
34	①	②	③	④
35	①	②	③	④

もんだい 1

1	①	②	③	④
2	①	②	③	④
3	①	②	③	④
4	①	②	③	④
5	①	②	③	④
6	①	②	③	④
7	①	②	③	④
8	①	②	③	④
9	①	②	③	④
10	①	②	③	④
11	①	②	③	④
12	①	②	③	④
13	①	②	③	④
14	①	②	③	④
15	①	②	③	④
16	①	②	③	④

もんだい 2

17	①	②	③	④
18	①	②	③	④
19	①	②	③	④
20	①	②	③	④
21	①	②	③	④

もんだい 3

22	①	②	③	④
23	①	②	③	④
24	①	②	③	④
25	①	②	③	④
26	①	②	③	④

もんだい 4

27	①	②	③	④
28	①	②	③	④
29	①	②	③	④

もんだい 5

30	①	②	③	④
31	①	②	③	④

もんだい 6

32	①	②	③	④

にほんごのうりょくしけん かいとうようし

N5 實戰模擬考題 第 2 回

ちょうかい

じゅけんばんごう
Examinee Registration
Number

なまえ
Name

（ちゅうい Notes）

1. くろい えんぴつ（HB、No.2）で かいて ください。
   （ペンや ボールペンでは かかないで ください。）
   Use a black medium soft (HB or No.2) pencil.
   (Do not use any kind of pen.)
2. かきなおす ときは、けしゴムで きれいに けして ください。
   Erase any unintended marks completely.
3. きたなく したり、おったり しないで ください。
   Do not soil or bend this sheet.
4. マークれい Marking examples

よい れい Correct. Example	わるい れい Incorrect Examples
●	⊘ ○ ◑ ◐ ⊖ ◍ ○

もんだい 1

れい	①	●	③	④
1	①	②	③	④
2	①	②	③	④
3	①	②	③	④
4	①	②	③	④
5	①	②	③	④
6	①	②	③	④
7	①	②	③	④

もんだい 2

れい	①	●	③	④
1	①	②	③	④
2	①	②	③	④
3	①	②	③	④
4	①	②	③	④
5	①	②	③	④
6	①	②	③	④

もんだい 3

れい	①	②	●
1	①	②	③
2	①	②	③
3	①	②	③
4	①	②	③
5	①	②	③

もんだい 4

れい	①	●	③
1	①	②	③
2	①	②	③
3	①	②	③
4	①	②	③
5	①	②	③
6	①	②	③

にほんごのうりょくしけん かいとうようし

N5 實戰模擬考題 第 3 回

げんごちしき（もじ・ごい）

じゅけんばんごう Examinee Registration Number	

なまえ Name	

〈ちゅうい Notes〉

1. くろい えんぴつ（HB、No.2）で かいて ください。
   （ペンや ボールペンでは かかないで ください。）
   Use a black medium soft (HB or No.2) pencil.
   (Do not use any kind of pen.)

2. かきなおす ときは、けしゴムで きれいに けして ください。
   Erase any unintended marks completely.

3. きたなく したり、おったり しないで ください。
   Do not soil or bend this sheet.

4. マークれい Marking examples

よい れい Correct Example	わるい れい Incorrect Examples
●	⊗ ◌ ⊖ ◑ ◍ ⦿ ⊙

もんだい 1

1	①	②	③	④
2	①	②	③	④
3	①	②	③	④
4	①	②	③	④
5	①	②	③	④
6	①	②	③	④
7	①	②	③	④
8	①	②	③	④
9	①	②	③	④
10	①	②	③	④
11	①	②	③	④
12	①	②	③	④

もんだい 2

13	①	②	③	④
14	①	②	③	④
15	①	②	③	④
16	①	②	③	④
17	①	②	③	④
18	①	②	③	④
19	①	②	③	④
20	①	②	③	④

もんだい 3

21	①	②	③	④
22	①	②	③	④
23	①	②	③	④
24	①	②	③	④
25	①	②	③	④
26	①	②	③	④
27	①	②	③	④
28	①	②	③	④
29	①	②	③	④
30	①	②	③	④

もんだい 4

31	①	②	③	④
32	①	②	③	④
33	①	②	③	④
34	①	②	③	④
35	①	②	③	④

じゅけんばんごう
Examinee Registration
Number

なまえ
Name

もんだい 1

1	①	②	③	④
2	①	②	③	④
3	①	②	③	④
4	①	②	③	④
5	①	②	③	④
6	①	②	③	④
7	①	②	③	④
8	①	②	③	④
9	①	②	③	④
10	①	②	③	④
11	①	②	③	④
12	①	②	③	④
13	①	②	③	④
14	①	②	③	④
15	①	②	③	④
16	①	②	③	④

もんだい 2

17	①	②	③	④
18	①	②	③	④
19	①	②	③	④
20	①	②	③	④
21	①	②	③	④

もんだい 3

22	①	②	③	④
23	①	②	③	④
24	①	②	③	④
25	①	②	③	④
26	①	②	③	④

もんだい 4

27	①	②	③	④
28	①	②	③	④
29	①	②	③	④

もんだい 5

30	①	②	③	④
31	①	②	③	④

もんだい 6

32	①	②	③	④

にほんごのうりょくしけん かいとうようし

N5 實戰模擬考題 第 3 回

ちょうかい

じゅけんばんごう
Examinee Registration
Number

なまえ
Name

もんだい 1

れい	①	②	●	④
1	①	②	③	④
2	①	②	③	④
3	①	②	③	④
4	①	②	③	④
5	①	②	③	④
6	①	②	③	④
7	①	②	③	

もんだい 2

れい	①	②	●	④
1	①	②	③	④
2	①	②	③	④
3	①	②	③	④
4	①	②	③	④
5	①	②	③	④
6	①	②	③	④

もんだい 3

れい	①	●	③
1	①	②	③
2	①	②	③
3	①	②	③
4	①	②	③
5	①	②	③

もんだい 4

れい	①	●	③
1	①	②	③
2	①	②	③
3	①	②	③
4	①	②	③
5	①	②	③
6	①	②	③

にほんごのうりょくしけん かいとうようし

N4 實戰模擬考題 第1回

げんごちしき（もじ・ごい）

じゅけんばんごう
Examinee Registration
Number

なまえ
Name

もんだい 1

1	①	②	③	④
2	①	②	③	④
3	①	②	③	④
4	①	②	③	④
5	①	②	③	④
6	①	②	③	④
7	①	②	③	④
8	①	②	③	④
9	①	②	③	④

もんだい 2

10	①	②	③	④
11	①	②	③	④
12	①	②	③	④
13	①	②	③	④
14	①	②	③	④
15	①	②	③	④

もんだい 3

16	①	②	③	④
17	①	②	③	④
18	①	②	③	④
19	①	②	③	④
20	①	②	③	④
21	①	②	③	④
22	①	②	③	④
23	①	②	③	④
24	①	②	③	④
25	①	②	③	④

もんだい 4

26	①	②	③	④
27	①	②	③	④
28	①	②	③	④
29	①	②	③	④
30	①	②	③	④

もんだい 5

31	①	②	③	④
32	①	②	③	④
33	①	②	③	④
34	①	②	③	④
35	①	②	③	④

にほんごのうりょくしけん かいとうようし

N4 實戰模擬考題 第1回

げんごちしき（ぶんぽう）・どっかい

じゅけんばんごう
Examinee Registration Number

なまえ
Name

もんだい 1

1	①	②	③	④
2	①	②	③	④
3	①	②	③	④
4	①	②	③	④
5	①	②	③	④
6	①	②	③	④
7	①	②	③	④
8	①	②	③	④
9	①	②	③	④
10	①	②	③	④
11	①	②	③	④
12	①	②	③	④
13	①	②	③	④
14	①	②	③	④

もんだい 2

15	①	②	③	④
16	①	②	③	④
17	①	②	③	④
18	①	②	③	④
19	①	②	③	④
20	①	②	③	④

もんだい 3

21	①	②	③	④
22	①	②	③	④
23	①	②	③	④
24	①	②	③	④
25	①	②	③	④

もんだい 4

26	①	②	③	④
27	①	②	③	④
28	①	②	③	④

もんだい 5

29	①	②	③	④
30	①	②	③	④
31	①	②	③	④
32	①	②	③	④

もんだい 6

33	①	②	③	④
34	①	②	③	④
35	①	②	③	④

にほんごのうりょくしけん かいとうよう し

N4 實戰模擬考題 第 1 回

ちょうかい

じゅけんばんごう
Examinee Registration
Number

なまえ
Name

もんだい 1

れい	①	②	③	●
1	①	②	③	④
2	①	②	③	④
3	①	②	③	④
4	①	②	③	④
5	①	②	③	④
6	①	②	③	④
7	①	②	③	④
8	①	②	③	④

もんだい 2

れい	①	●	③	④
1	①	②	③	④
2	①	②	③	④
3	①	②	③	④
4	①	②	③	④
5	①	②	③	④
6	①	②	③	④
7	①	②	③	④

もんだい 3

れい	①	●	③
1	①	②	③
2	①	②	③
3	①	②	③
4	①	②	③
5	①	②	③

もんだい 4

れい	①	●	③
1	①	②	③
2	①	②	③
3	①	②	③
4	①	②	③
5	①	②	③
6	①	②	④
7	①	②	④
8	①	②	③

にほんごのうりょくしけん かいとうようし

N4 實戰模擬考題 第 2 回

げんごちしき（もじ・ごい）

じゅけんばんごう
Examinee Registration
Number

なまえ
Name

もんだい 1

1	①	②	③	④
2	①	②	③	④
3	①	②	③	④
4	①	②	③	④
5	①	②	③	④
6	①	②	③	④
7	①	②	③	④
8	①	②	③	④
9	①	②	③	④

もんだい 2

10	①	②	③	④
11	①	②	③	④
12	①	②	③	④
13	①	②	③	④
14	①	②	③	④
15	①	②	③	④

もんだい 3

16	①	②	③	④
17	①	②	③	④
18	①	②	③	④
19	①	②	③	④
20	①	②	③	④
21	①	②	③	④
22	①	②	③	④
23	①	②	③	④
24	①	②	③	④
25	①	②	③	④

もんだい 4

26	①	②	③	④
27	①	②	③	④
28	①	②	③	④
29	①	②	③	④
30	①	②	③	④

もんだい 5

31	①	②	③	④
32	①	②	③	④
33	①	②	③	④
34	①	②	③	④
35	①	②	③	④

にほんごのうりょくしけん かいとうようし

N4 實戰模擬考題 第2回

げんごちしき (ぶんぽう)・どっかい

じゅけんばんごう
Examinee Registration Number

なまえ
Name

もんだい 1

1	①	②	③	④
2	①	②	③	④
3	①	②	③	④
4	①	②	③	④
5	①	②	③	④
6	①	②	③	④
7	①	②	③	④
8	①	②	③	④
9	①	②	③	④
10	①	②	③	④
11	①	②	③	④
12	①	②	③	④
13	①	②	③	④
14	①	②	③	④

もんだい 2

15	①	②	③	④
16	①	②	③	④
17	①	②	③	④
18	①	②	③	④
19	①	②	③	④
20	①	②	③	④

もんだい 3

21	①	②	③	④
22	①	②	③	④
23	①	②	③	④
24	①	②	③	④
25	①	②	③	④

もんだい 4

26	①	②	③	④
27	①	②	③	④
28	①	②	③	④
29	①	②	③	④

もんだい 5

30	①	②	③	④
31	①	②	③	④
32	①	②	③	④
33	①	②	③	④

もんだい 6

| 34 | ① | ② | ③ | ④ |
| 35 | ① | ② | ③ | ④ |

にほんごのうりょくしけん かいとうようし

N4 實戰模擬考題 第 2 回

ちょうかい

じゅけんばんごう
Examinee Registration
Number

なまえ
Name

もんだい 1

れい	①	②	●	④
1	①	②	③	④
2	①	②	③	④
3	①	②	③	④
4	①	②	③	④
5	①	②	③	④
6	①	②	③	④
7	①	②	③	④
8	①	②	③	④

もんだい 2

れい	①	●	③	④
1	①	②	③	④
2	①	②	③	④
3	①	②	③	④
4	①	②	③	④
5	①	②	③	④
6	①	②	③	④
7	①	②	③	④

もんだい 3

れい	①	●	③
1	①	②	③
2	①	②	③
3	①	②	③
4	①	②	③
5	①	②	③

もんだい 4

れい	①	●	③
1	①	②	③
2	①	②	③
3	①	②	③
4	①	②	③
5	①	②	③
6	①	②	④
7	①	②	④
8	①	②	③

にほんごのうりょくしけん かいとうようし

N4 實戰模擬考題 第 3 回

げんごちしき (もじ・ごい)

じゅけんばんごう
Examinee Registration
Number

なまえ
Name

〈ちゅうい Notes〉
1. くろい えんぴつ (HB、No.2) で かいて ください。
（ペンや ボールペンでは かかないで ください。）
Use a black medium soft (HB or No.2) pencil
(Do not use any kind of pen.)

2. かきなおす ときは、けしゴムで きれいに けして
ください。
Erase any unintended marks completely.

3. きたなく したり、おったり しないで ください。
Do not soil or bend this sheet.

4. マークれい Marking examples

よい れい Correct Example	わるい れい Incorrect Examples
●	⊘ ⊗ ◌ ⊖ ◍ ⦵

もんだい 1

1	①	②	③	④
2	①	②	③	④
3	①	②	③	④
4	①	②	③	④
5	①	②	③	④
6	①	②	③	④
7	①	②	③	④
8	①	②	③	④
9	①	②	③	④

もんだい 2

10	①	②	③	④
11	①	②	③	④
12	①	②	③	④
13	①	②	③	④
14	①	②	③	④
15	①	②	③	④

もんだい 3

16	①	②	③	④
17	①	②	③	④
18	①	②	③	④
19	①	②	③	④
20	①	②	③	④
21	①	②	③	④
22	①	②	③	④
23	①	②	③	④
24	①	②	③	④
25	①	②	③	④

もんだい 4

26	①	②	③	④
27	①	②	③	④
28	①	②	③	④
29	①	②	③	④
30	①	②	③	④

もんだい 5

31	①	②	③	④
32	①	②	③	④
33	①	②	③	④
34	①	②	③	④
35	①	②	③	④

N4 實戰模擬考題 第 3 回

げんごちしき（ぶんぽう）・どっかい

じゅけんばんごう
Examinee Registration
Number

なまえ
Name

（ちゅうい Notes）
1. くろい えんぴつ (HB、No.2) で かいて ください。
   〈ペンや ボールペンでは かかないで ください。〉
   Use a black medium soft (HB or No.2) pencil.
   (Do not use any kind of pen)
2. かきなおす ときは、けしゴムで きれいに けして ください。
   Erase any unintended marks completely.
3. きたなく したり、おったり しないで ください。
   Do not soil or bend this sheet.
4. マークれい Marking examples

よい れい
Correct
Example ●

わるい れい
Incorrect Examples
⊘ ○ ⊙ ⊖ ① ◑

もんだい 1

1	①	②	③	④
2	①	②	③	④
3	①	②	③	④
4	①	②	③	④
5	①	②	③	④
6	①	②	③	④
7	①	②	③	④
8	①	②	③	④
9	①	②	③	④
10	①	②	③	④
11	①	②	③	④
12	①	②	③	④
13	①	②	③	④
14	①	②	③	④

もんだい 2

15	①	②	③	④
16	①	②	③	④
17	①	②	③	④
18	①	②	③	④
19	①	②	③	④
20	①	②	③	④

もんだい 3

21	①	②	③	④
22	①	②	③	④
23	①	②	③	④
24	①	②	③	④
25	①	②	③	④

もんだい 4

26	①	②	③	④
27	①	②	③	④
28	①	②	③	④
29	①	②	③	④

もんだい 5

30	①	②	③	④
31	①	②	③	④
32	①	②	③	④
33	①	②	③	④

もんだい 6

34	①	②	③	④
35	①	②	③	④

にほんごのうりょくしけん かいとうようし

N4 實戰模擬考題 第3回

ちょうかい

じゅけんばんごう
Examinee Registration Number

なまえ
Name

〈ちゅうい Notes〉
1. くろい えんぴつ (HB、No2) で かいて ください。
（ペン や ボールペンでは かかないで ください。）
Use a black medium soft (HB or No.2) pencil.
(Do not use any kind of pen.)
2. かきなおす ときは、けしゴムで きれいに けして ください。
Erase any unintended marks completely.
3. きたなく したり、おったり しないで ください。
Do not soil or bend this sheet.
4. マークれい Marking examples

よい れい Correct Example	わるい れい Incorrect Examples
●	⊗ ○ ◌ ◑ ◐ ⊙

もんだい 1

	1	2	3	4
れい	①	②	③	●
1	①	②	③	④
2	①	②	③	④
3	①	②	③	④
4	①	②	③	④
5	①	②	③	④
6	①	②	③	④
7	①	②	③	④
8	①	②	③	④

もんだい 2

	1	2	3	4
れい	①	●	③	④
1	①	②	③	④
2	①	②	③	④
3	①	②	③	④
4	①	②	③	④
5	①	②	③	④
6	①	②	③	④
7	①	②	③	④

もんだい 3

	1	2	3
れい	①	●	③
1	①	②	③
2	①	②	③
3	①	②	③
4	①	②	③
5	①	②	③

もんだい 4

	1	2	3
れい	①	●	③
1	①	②	③
2	①	②	③
3	①	②	③
4	①	②	③
5	①	②	④
6	①	②	④
7	①	②	④
8	①	②	③

國家圖書館出版品預行編目資料

挑戰日檢 N4N5 全真模擬題：完整全六回攻略（寂天雲隨
　身聽 APP 版）/ 許成美，中澤有紀著；李喬智譯 . -- 初
　版 . -- [臺北市]：寂天文化, 2022. 02
　　面；　公分
　　ISBN 978-626-300-104-6（16K 平裝 ）
　1. 日語 2. 能力測驗
803.189　　　　　　　　　　　　　　　111001078

挑戰日檢 N4N5 全真模擬題：
完整全六回攻略

編　　著	許成美／中澤有紀
譯　　者	李喬智
編　　輯	黃月良
審　　訂	須永賢一

美術設計	林書玉
內文排版	謝青秀
製程管理	洪巧玲
出 版 者	寂天文化事業股份有限公司
電　　話	886-(0)2-2365-9739
傳　　真	886-(0)2-2365-9835
網　　址	www.icosmos.com.tw
讀者服務	onlinesevice@icosmos.com.tw

出版日期　2022 年 02 月　初版二刷
郵撥帳號　1998620-0　　寂天文化事業股份有限公司
• 劃撥金額 600（含 ）元以上者，郵資免費。
• 訂購金額 600 元以下者，請外加 65 元。

【若有破損，請寄回更換，謝謝。 】